比我先走的朋友们

鲁光 著

生活·讀書·新知 三联书店

Copyright © 2023 by SDX Joint Publishing Company.
All Rights Reserved.

本作品版权由生活·读书·新知三联书店所有。
未经许可,不得翻印。

图书在版编目(CIP)数据

比我先走的朋友们 / 鲁光著. —北京:生活·读书·新知三联书店,2023.7
ISBN 978-7-108-07582-6

Ⅰ.①比… Ⅱ.①鲁… Ⅲ.①回忆录－作品集－中国－当代 Ⅳ.① I251

中国版本图书馆 CIP 数据核字 (2022) 第 227761 号

责任编辑	王	竞
装帧设计	薛	宇
责任校对	陈	明
责任印制	张雅丽	

出版发行 生活·讀書·新知 三联书店
(北京市东城区美术馆东街 22 号 100010)
网　　址 www.sdxjpc.com
经　　销 新华书店
印　　刷 天津图文方嘉印刷有限公司
版　　次 2023 年 7 月北京第 1 版
　　　　　2023 年 7 月北京第 1 次印刷
开　　本 880 毫米 × 1230 毫米 1/32 印张 6.5
字　　数 60 千字 图 75 幅
印　　数 0,001－3,000 册
定　　价 59.00 元

(印装查询:01064002715;邮购查询:01084010542)

鲁光

目录	页码
沙叶新的名片	50
苏叔阳的奉献	55
陈祖芬的一封信	59
李苦禅赠鱼画	62
引客入宅方济众	66
开明馆长刘开渠	70
周思聪的生命绝唱	73
我行我素宗其香	78
吴冠中好讲真话	83
华君武的大度	86
崔子范交"作业"	90
林锴送对联	94

目录

写在前面	1
郭小川买单	2
曹靖华改书名	6
冯牧的约稿信	10
故里的艾青	13
戴厚英之死	19
徐迟神秘离世	24
翟泰丰的两封信	29
还林默涵一个感谢	34
汪曾祺醉丹青	38
张锲上门求画	42
高莽之忙	46

刘勃舒走在凌晨	149
他们的文化梦	154
荣高棠送我条幅	162
王猛将军的书画缘	166
不称官名的李梦华	170
何振梁的追求	174
两遇萨马兰奇	178
庄则栋卖书卖字	182
陈招娣的最后岁月	187
山,王富洲的命	193
写在最后:在另一个世界	198

- 「国眼」杨仁恺 … 98
- 法乃光的百盘斋 … 104
- 汤文选以虎换牛 … 108
- 低调海派张桂铭 … 113
- 徐希的遗愿 … 117
- 沈高仁变「虎」记 … 121
- 王子武落户深圳之谜 … 125
- 施志刚烤肉麦饼 … 128
- 刘文西「换装」 … 132
- 邢振龄失约 … 136
- 古干的「天书」 … 141
- 吴山明的宿墨画 … 145

写在前面

人生有起点，也有终点。起点站，车上挤满了人，但一路都有人下车，到达终点时，已稀稀拉拉。我一生交友无数，一路走一路有人离去，一路散失，到了耄耋之年，熟人陆陆续续走了，晚走者陷入孤独。寂寞时，思念往日的师友。

我有几个不同年代的电话本，大小不一，早期的电话本已翻得破烂。朋友们的电话，座机、手机号码，都在里面。人走了，号码仍在。这些号码已永远无法打通，但每一个号码，都会引起我的美好回忆，都藏着人生的交往故事。

片断往事，都是珍贵的、难忘的。这些先走的朋友们，每人都可以写一部书，至少可以写篇长文。我不求全，每人只写一件事，一件永生难忘的事。

郭小川买单

算起来已过去半个多世纪了。1965年，郭小川来采访中国乒乓球队，写《小将们在挑战》。当时，毛泽东主席对徐寅生在女队的讲话作了批示。郭小川的身份是《人民日报》特约记者。国家体委和《体育报》领导派我陪同采访，争取文章写好后，《体育报》和《人民日报》共同发表。

我和郭小川朝夕相处了十来天。每天中午，我俩就去附近的南岗子小餐馆吃饭。那时是先吃后付款，郭小川每次都抢着结账。他说："我工资比你高，我来付钱。"其实，我们可以到运动员食堂吃，但那时的我，公

前排左起：李冰、郭小川、傅其芳、徐寅生、李富荣、鲁光；后排左起：玛拉沁夫、周立波、张燮林、康濯、容国团、庄则栋、杨瑞华、吴重远（摄于1963年）

私太分明，宁可到街上吃，也不到运动员食堂沾光。我们边吃边聊，聊得很上心。有一回，聊着聊着就起身走了，回到家才想起没有结账。我赶忙回去结账。在南岗子胡同口，我碰见了郭小川。他也是匆匆回来结账的。我们禁不住都笑了起来。

郭小川是从延安出来的老干部，在中宣部工作过，调中国作家协会当过领导，为人耿直正派。一位中国作协管后勤的朋友告诉我，小川做作协秘书长时，谁有困难找他，他都答应解决，心特善。后来，他被安排到《人民日报》当特约记者。人生有起伏。但他永远是一位革命斗士。

有一回,我们去他在虎坊桥的家看望他。屋里墙上贴满了韩美林的动物画,他与身处危难中的韩美林多有交往。

有一次,我们在前门的一家大众餐馆用餐。人多,拥挤,不占座就吃不上。我和王鼎华占了两个座位,请郭小川和作家玛拉沁夫先坐。但他不干,非让我们

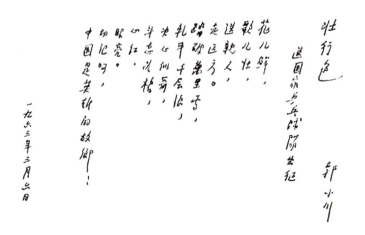

郭小川为国家乒乓球队所作诗歌(1963年)

坐下,他和老玛去排队买单端菜。这是夏日,他们两位大名家端着饭菜,满头大汗。这真正是最后的午餐。此后,直到他去世,再也无缘见他。

曹靖华改书名

1982年夏天，应中央电视台邀请，我躲在北京工人体育场写电视连续剧《中国姑娘》。传达室来电话，说有一位老人找我。我好纳闷，急忙下楼，只见曹靖华老先生汗涔涔地站在门外。他家住在工体附近，但也得有一二公里的距离。他是步行过来的。我急忙上前，请他上楼。他说不上楼了，就几句话。我前几天去看望他时告诉他，我为中国少儿出版社写了本西藏游记《在世界屋脊旅行》。他说："这两天一直在想，应改个更好的书名，哪怕改成《旅行在世界屋脊》也行。"我感谢他，但书已印好，

铁肩担道义
妙手著文章

录秋石同志赠
鲁迅先生联句
鲁迅同志嘱

费新我八〇年于松园

在广州从化。中拄拐杖老者为曹靖华（摄于20世纪80年代初）

只好等再版时改了。他顶着烈日走了。当年他已85岁高龄，为改一个书名，竟然这么奔劳操心，我深受感动。我曾寒冬时去拜访他，他都要送我下楼。他住二层，送到门口还要往楼下送。我把他推进门，不让他下楼。当我走出单元门，走出一段路，回头看，他还站在寒风中，挥手送别。这就是中国文化老人的修养。

我头一回看到他，是"文革"时去北京大学看大字报，他胸前挂着一块"反动学术权威曹靖华"的纸牌。后来他去广东从化休养时，我和画家詹忠效去看望他，向他求了一幅字。他回京后，将字给了我。字是写在硬纸上的，不好装裱。他又用宣纸写了一幅"人生得一知己足矣"，说："你们比我聪明，从前我去鲁迅家住过，他又爱写字，我却没有求他留个墨宝，终生遗憾。"

曹靖华是鲁迅先生的挚友。鲁迅一生只写过两篇碑文，其中一篇就是为曹靖华父亲写的。他给曹靖华写的信有120多封，收入《鲁迅全集·书信卷》的就有84件。1936年10月16日，鲁迅逝世前三天还写了《曹靖华译〈苏联作家七人集〉序》。逝世前两天即10月17日，写了最后一封信，也是写给他的。曹靖华是收到鲁迅信件最多的人。我说："您不会遗憾。您是留下鲁迅墨宝最多的人。"他说："可惜有不少散佚了……"

曹靖华与鲁迅的情谊，一是建立在介绍苏俄文学的共同事业上，二是鲁迅赞赏曹靖华刚直不阿的人品。1955年，文艺界批胡风，曹靖华一言未发。

中央机关的人，参加中国作家协会需两位作家推荐。介绍我入作协的，一位是有文艺界"基辛格"之称的周明，另一位就是曹靖华。这是我此生的荣幸！

冯牧的约稿信

我收到过的约稿信很多,但最难忘的是文学界老前辈冯牧先生的那封信。

1985年,中国作家协会的大型文学期刊《中国作家》创刊,冯牧出任主编。其时,我写中国女排三连冠的报告文学《中国男子汉》刚脱稿,公安部的文学期刊《啄木鸟》已拿走。冯牧先生此时来信,肯定是有所耳闻,冲稿子而来的。

鲁光同志:

喜闻你的大作正在进行中。《中国作家》第一期特别需要你的支持。这个刊物，我们希望办成能代表当代文学一流水平的刊物。因此，希望你无论如何给我们以支持。谢谢。

敬礼！

冯牧

9.21

文学界老前辈写来这么恳切的信，是无法拒绝的。但我又不能失信于《啄木鸟》。难题！

写过《中国姑娘》之后，本不想再写女排，但在返京的列车上偶遇《啄木鸟》笔会的作家蒋子龙、古华。正好传来中国女排在美国拿了三连冠，我聊了她们夺冠前的一些往事。我说，这次太难了，袁伟民抽了不少烟，满屋烟雾。他说，中、日、美上了山顶，拼了，勇者胜！

作家们说："鲁光，你一定要写。"蒋子龙说："你写，大家支持你。你不写，我们骂你。"《啄木鸟》当即决定用。

我不能违约。我将冯牧的信，转给《啄木鸟》看。又将《啄木鸟》约稿在前的事禀告冯牧先生。最后，

《啄木鸟》主编高风亮节，将《中国男子汉》手稿送给冯牧，作为支持和祝贺《中国作家》创刊的礼物。

皆大欢喜！

《中国作家》创刊号头条发表了近五万字的《中国男子汉》。作家出版社当即推出单行本。我又一次荣获中国优秀报告文学奖。日本跟着出版日文版，书名为《不进则退》。

故里的艾青

当然,诗人艾青,是中国的,也是世界的。但归根结底是我的故里金华的。艾青原名蒋海澄,是诗歌界的一棵大树。他说过:"最大的树也是从泥土里长出来的。"他的老家在金华金东区畈田蒋村。虽然出身地主家庭,但算命先生说他是克星,克父母的灾星,所以生下来就交给一个贫穷的农妇哺养。这个农妇是童养媳,没有名字,就以村名大堰河为名。大堰河谐音大叶荷,故艾青的养母亦叫大叶荷。艾青吃她的乳汁长大,五岁才回自己的家。

艾青原本是学美术的,1928年

入国立杭州西湖艺术院。受院长林风眠鼓励,后来去法国留学。在法国学画三年,未毕业便回国了。他说,1931年年底的一天,他正在巴黎近郊写生,一个喝得醉醺醺的法国佬,走过来看了眼他的画,说:"中国人,国家快亡了,你还在这里画画,你想当亡国奴吗?"艾青说:"这句话真像一记响亮的耳光,把我打醒了。"

他马上启程回国。回国不久,因参加中共领导的左翼文化活动而被捕,进了监牢。在牢房里,他思念他的奶娘大叶荷,满怀深情地写下了《大堰河——我的保姆》,抒发了他对保姆大叶荷的强烈思念,歌颂了平凡母性的伟大,发泄了对社会的愤懑,表达了人生抱负。他第一次使用艾青的笔名。有人问过他,艾青这个笔名是怎么起的。他说,他刚写下草字头,下面要写"将",他想到蒋介石,便打了一个×,成了艾字。澄字,与土话"青"谐音。艾青的笔名就这样在瞬间问世。《大堰河——我的保姆》一发表,引起了强烈反响,成了艾青的代表作,也奠定了他在中国现代诗歌界的地位。

谁也想不到,这位赤诚的热血诗人,1957年却成了"右派",被扼住了歌喉,销声匿迹了二十年。老将军王震爱护他,一直保护他。他去了北大荒,王将军对去北大荒垦荒的官兵们说:"你们可知道,大诗人艾青也来了,他是我的老朋友,是过来用诗歌歌颂你们的。"对戴着"右派"帽子的艾青,便敢称"老朋友"者,唯王将军也。难怪艾青得知王震去世的消息时,会痛呼"我家的大救星没了"。

艾青诗曰:"人间没有永恒的夜晚,世界没有永恒的冬天。"1979年艾青平反,出任中国作家协会副主席。他又放开嗓子大声歌唱。

1982年在新侨饭店,丁玲穿一身红色衣裳,为创办大型文学刊物召开座谈会。艾青来现场捧场。我从小喜欢读艾青的诗。"为什么我的眼里常含泪水?因为我对这土地爱得深沉。"时时感动着我。这次有机会见了面,聊家乡,说金华美食,发现我们都爱吃金华酥饼,爱闻佛手幽香……我请他在我的本子上签了名:"艾青"。

有了头一回见面,不久就有第二回相聚。

他儿子的一位同学,在陶然亭公园举办雕塑展,我们都被邀请出席。那是一个星期天,我们都去得早。他的夫人高瑛见我和艾青聊得热闹,便要给我们两位老乡照张相。我和艾青继续聊,随她照。她过来让我们站好,让艾青站直,头不要歪。一生追求自由的艾青发火了:"老摆弄我,和老乡照个相也摆弄……"高瑛不搭腔,只管按快门。

"您只写诗,不画画了?"我问艾青。

他说:"画呀,我写诗就是画画……"

诗画一家。再读他的诗时,我发现他的诗尽是画。

这是我第二次见艾青,聊了天,照了合影。直到他1996年5月5日去世再也未见到他。他活到86岁。

我去看望过高瑛。她送我一本自己的著作《我和艾青的故事》,还送我一座艾青的铜头雕像。我找她儿子艾未未办事,她给儿子打了个电话:"鲁光是你爸的朋友,好好接待!"

2008年夏,金华朋友陈振乾要出一本《故里的艾青》,邀我写序,才知艾青回过故里四次,最后一次是1992年。头一次是1953年,由时任金华文联秘书长的蒋风陪他回畈田蒋村住了二十多天。那时居住条件很简陋,蒋风与艾青两人共睡一张三尺二宽的单人床,只有一盏煤油灯。第二天,艾青便去一个茅草丛生的小土坡悼念奶娘大堰河。望着被野草掩盖的土坟,艾青久久沉默，慢慢掉下泪水。他还去寻找了奶娘大堰河出生的村庄，没有找到，怅然若失，很悲伤。入夜之后，他们就摸黑聊天，从出生到出国到婚姻，从画画到坐牢到写诗，将一生的坎坎坷坷，全向乡人倾诉，真心，真情，坦诚……

蒋风如今是我国著名儿童文学作家，出任过浙江师范大学校长。直到90多岁时，他还清清楚楚地记得和艾青同床而眠的那些难忘的夜话。

在金华，有艾青纪念馆、艾青文化公园、艾青中学，有诗界集会。故乡以有这么一位诗坛泰斗为荣。

高瑛送我的艾青雕像

为艾青传记题写的书名

艾青生前曾告诫乡人和评论界："我不愿意人家把我捧很高，也不愿意人家把我贬得很低"，"论我就论我，我是什么就是什么。是水牛就是水牛，是骆驼就是骆驼，是毛驴就是毛驴，要科学论述……"

这就是一生讲真话的诗人艾青。

戴厚英之死

戴厚英是我在上海华东师范大学的校友,高我一届,但我们都是1960年毕业的。因为国家需要,我提前一年毕业。

大学时,我只见过她一面,在批判钱谷融教授《文学是人学》时,她声色俱厉地说,我爱我师,我更爱真理。具体批了什么已没有印象,但开场这两句却永远忘不了。人们戏称她为"小钢炮",批人性论的小钢炮。"文革"中,她是上海作协造反派。可到了上个世纪80年代初,她写了两本书,《诗人之死》和《人啊,人》,

大力张扬人性,赞美人性。从批判人性,到弘扬人性,180度大转弯。我对这位学友产生了好奇。上个世纪80年代初,我正好去上海出差,决意去看看她,了解一下她的心路变化。

我先去静安寺的一家书店,买了一本她刚出版的《人啊,人》。新书打对折,太奇怪了。问售货员,售货员回答:"她的书,上海都打折。"见了戴厚英,说了买书的事。她说"好事呀,明天去买,省好多钱呀"。一聊,才知道她正承受着巨大压力:"一年前,我已写好《诗人之死》,上海出不了,拿到福建去出了。《人啊,人》晚一年写的,先出版。弟弟先出生,哥哥晚出生了……"

她说:"眼下我是个很敏感的人物。凡来看我的人,都被怀疑与我有什么特殊关系。你不怕他们说呀?"我很坦然:"老同学来看看你应该的。"

我进门,她给我倒了一杯浓茶,不停地递烟,一支接一支,不停地吸,满屋烟雾弥漫。吸到十来支,我不吸了,她继续吸,不停地吸……边吸边说起她和诗人闻捷的往事。

她说,她是闻捷专案组成员。审查的结果,证明他是好人。闻捷与诗人贺敬之、郭小川、李季齐名。个儿也高大,人长得帅气,长她15岁。从同情、理解到相爱,他们打算结婚,却遭到了上面不许结婚的"勒令"。专案组成员和审查对象结婚,这还了得。诗人闻捷悲愤自杀。她悲痛欲绝,走上了创作之路。

我珍藏的戴厚英的作品

她要把满腔悲愤宣泄出来,她深情地呼唤人性。她说,在《诗人之死》中,她把女主人公由审查组成员,改为审查组组长,这样更有戏剧性,更有读头。

她是一个很率真很坦诚的人。爱与恨,都出于真心真情。她说,我错了就反省、忏悔,公开否定自己,向老师检讨。反省后,她尽情讴歌人性,以文学作品颂扬人性之美。

三个多钟头过去了。烟缸满了倒,倒了又满。我估计她抽了两包烟。我吸烟不往里吞,尽往外吐,这是不上瘾的秘诀。她是真往里吸,数十支烟吸了进去,她有太多的苦闷……过10点了,我道别。

这是我跟她的唯一一次长谈。她的话,她的烟,让我了解了一个真实的本色的她。正如她在《人啊,人》后记中所写的:在历史面前,所有的人一律平等。账本要我自己清算。灵魂要我自己去审判。双手要我自己去清洗。上帝的交给上帝。魔鬼的还给魔鬼。自己的,就勇敢地把它扛在肩上,甚至刻在脸上!我走出角色,发现了自己。原来,我是一具有血有肉、有爱有恨、有七情六欲和思维能力的人。我应该有自己的人的价值,而不应该被贬抑为或自甘堕落为"驯服的工具"。一个大写的文字迅速地推移到我的眼前,"人"!一支久已被唾弃、被遗忘的歌曲冲出了我的喉咙,人性、人情、人道主义!

十多年后,1996年8月25日下午,她死在她的一位中学老师的孙子的乱刀之下。纯粹的图财害命。开追悼会时,巴金先生托人送了花圈。在她老家有一个戴厚英文化广场,还有一个戴厚英纪念馆。

从批判人道主义的"小钢炮",到成为人性的呼唤者,再到倒在人性之恶的血泊中惨死而去,戴厚英走完了一位江淮女子五十八年的人生路。

徐迟神秘离世

1996年12月中旬,中国作家齐聚京西宾馆,等待中国作协第五次代表大会召开。该到会的代表都已入住,却未见武汉徐迟的身影。

徐迟是我们中国报告文学学会会长,写过多部报告文学名篇:《哥德巴赫猜想》《地质之光》《生命之树常绿》《在湍流的涡漩中》……他是我国报告文学的领军人物。

12月14日下午,传来了一个爆炸性的消息:两天前,12月12日深夜,徐迟从武汉同济医院六楼跳楼自杀了。他的突然离世,震惊大会,震惊文坛。

他的死，至今是一个无人能解的谜。有说是因为老年寂寞所致。有说是因为第二次婚姻的失败，子女疏离。有说是玩电脑走火入魔。有说是一生追求真善美，看不惯假恶丑。有说是悟透了生与死。众说纷纭，莫衷一是。不管什么原因，他走了，永远离开我们了。

中国文坛失去了一位大家，我失去了一位忘年交。

头一回瓦徐迟，是他动笔写名篇《哥德巴赫猜

与徐迟（左二）和周明（右一）在 1977 年的夏天

想》前夕，1977年夏天。当时，我住在怀柔水库中国登山队基地，赶写电影文学剧本《第三女神》。《人民文学》杂志编辑、我的老朋友周明，陪同徐迟来登山队采访攀登珠峰的事迹。不少人不赞同徐迟写陈景润，但徐迟的姐夫、中国人民解放军副总参谋长伍修权支持他："写！陈氏定律了不起。"我陪徐迟采访了几位登山队员，徐迟说："陈景润攀登科学高峰，跟登山队员攀登世界最高峰是一个道理。有很大启发。"这次匆忙的采访，他是在寻找感受，寻找灵感。我们在小桥上合影留念，这是我们唯一的一次合影。

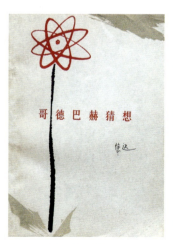

徐迟的《哥德巴赫猜想》

此后,我们的交往就多了。他的家是一个体育之家。他有很浓的体育情结。他的父亲徐一冰曾留学日本体育学校,回国后与他人一起创办了体操学校。这是中国第一所近代体育专门学校。儿子徐延是北京体育学院的毕业生,在安徽宿松中学当体育老师,一直想到一个较理想的体育部门工作,做自己爱好的事,更好地发挥特长。我还曾为此找过相关部门。徐迟为此还专门给我写过几次信。1979年12月29日还写道:"你们帮了忙,我无以为报,或者将来还可以为体育界写点东西。"

1987年,经我策划,《中国体育报》和《武汉晚报》联合举办国际拳击比赛。拳击比赛打死过人,已停赛二三十年,在武汉而不是京城办,可能比较合适。活动结束后,我去拜访徐迟。聊到最后他问我:"回北京带的东西多吗?"我说不多。他说:"我想送你我翻译的《托尔斯泰传》,上下册两本,很重。"我说:"送书给我,太珍贵了,再重也带得动。"他当即签名赠书。这是我第二次得到他的签名本。头一回是他的《哥德巴赫猜想》。他的名气大,作品厚重,但徐迟的名字却写得很秀气。

刚刚,我读到他悼念妻子《挽陈松》中的一句话:"彼岸有什么可怕的呢?有最有情义的你在渡口等我呵……"

诗人徐迟有多浪漫啊!他到另一个世界,与最有情义的人相聚了。

翟泰丰的两封信

1994年年底，中国美术馆举办过一次"中国作家十人书画展"，别开生面。展标题字厚重拙朴，不知出自哪位高人之手。后来才知道是翟泰丰题写的。翟泰丰时任中共中央宣传部副部长，后又出任中国作家协会党组书记、副主席。我是先见识他的字，后才认识他的人。他题写的那幅展标，给我留下美好的印象。

那时我是中国作家协会全委会委员，开会时就见到他。他果然是位热爱文艺的领导，能诗文，好书法，也关注作家们的书画活动。那些年，我正沉醉丹青，常有展事。每次请他，他都到场。设贵宾台，他上台就坐。不设贵宾台，他就挤在观众中。展品，他看得很仔细，常有观感。他不是来充场面走过场，而是真正来观赏艺术的。他的这种平易近人的态度和对书画艺术的真诚爱好，使我们的交往没有了距离。他是领导，但我却把他当作艺术知音。出了画册，送给他。他不求画，但来了兴致，偶尔也送他一幅，听听他的点评。看我的展览时，即兴评点很多，但见到我的画册和画作时，却专门写信回复。我手头存有两封信函。

从左至右：翟泰丰、何振梁、刘勃舒

信函之一

鲁光同志：

　　谢谢送来的画册。

　　打开画册，一下子被您的独具风格、独特创意、独有笔法所吸引。您的写意当真的写出了意！意即理性之感悟，理性之概括，理性之探求。看了给人以美的启示，美的感染，美的享受。

　　谢谢您的创造。

　　顺颂大安！

翟泰丰
8.95

信函之二

鲁光同志：

　　您的信以及两头可爱的牛，均收见，甚喜。

　　您画的牛，憨实、苍劲、生动。我一定遵您所嘱，做一头合格的牛。

　　今天的社会，实在太需要牛了。

　　顺致春节合家欢乐！

翟泰丰
1.3

中国作家协会

鲁煤：

　　谢了送来的画册。

　　为闲画册，一下子体给的狂具冲榜、狂放到意、狂放挥洒的吸引。绘的素意真的家出了意！画展现性之感悟，理性之概括，理性之探求。毛了给人心灵的启迪、美感享受、艺的享爱。

　　谢多您的新生。

　　此致
大安！

　　　　　　　　邓友梅
　　　　　　　　8.25.

他还来过信,最后一封是他离休之后写的。他对名人印章感兴趣,打算搜集整理一本名家自用印章集。这是一件很有价值的事,我表示支持。但那时常用的名章只有一方,送他我就无印可用。我特喜欢这方印,有些舍不得,就一直拖着没送。闲章有好几方,可以送一方。他的秘书回话:"专辑自用印。"我打算找人刻一方再送。后来,我见他收藏的名章集已付印,我的新名章仍未刻就。我直后悔,没有把手头那方章先送他。这两年,我好篆刻,已刻日用名章多枚,可再也送不到他手里了。

2000年10月4日,他离开人世,享年87岁。

望着案头几方名章,有一种深深的懊悔,一种终生的遗憾。

还林默涵一个感谢

四十年前，1981年11月22日，林默涵给我写过一封信。全文如下：

鲁光同志：

读了《当代》上您写的《中国姑娘》，十分感动。我们从电视屏幕上看到了我国姑娘们英勇搏斗、战胜劲敌的场面；读了您的文章，才知道她们是经过多么艰苦的锻炼，流了多少汗水和泪水，才取得这样的成果的。更重要的，是您写出了荧光屏上看不见的东西，那就是姑娘们的热爱祖国，为了给祖国争荣誉，之死靡它，不惜牺牲一切的献身精神。她们的心灵是这样高尚美丽，而能够发现、描绘和讴歌这种美的人，也一定是具有可贵的美丽感情的。没有姑娘们的英雄事迹，就不会有您的英雄诗篇，没有您的诗篇，人们也就不可能那样形象地深刻地认识这些英雄们。这就是我们文学的伟大作用。看电视的时候，我情不自禁地流下了激动的喜悦的眼泪，读《中国姑娘》的时候，我又情不自禁地淌下了深挚的感激的眼泪。我们要有亿万个像"中国姑娘"那样的英雄儿女，我们又要有千万篇像《中国姑娘》那样的英雄诗篇。希望您写出更多更多这样好的作品来！

因为不知道您的地址，就让这封信公开发表吧。

六天之后，11月28日，一个星期六，《人民日报》副刊以头条位置登载了这封信。由于林默涵的地位和声望，他的信成了评介《中国姑娘》的重磅，影响巨大。

我与他素不相识。但我知道他当过中宣部副部长

和文化部副部长,是资深的文学评论家。他对中国女排和我的报告文学的激情与深情,令我感动。对我的肯定和期望,也使我意识到作为作家的职责和重任,打心里感谢这位不相识的文学前辈的厚爱。

几天之后,我在人民大会堂见到了他。我向他要信的原件。他说,不知道我的地址,就交《人民日报》发表了。我心想,可能他写的就是一封公开信。拿不到信的原件,有点遗憾。感谢的话,也忘了说了。后来开中国作协大会，又见过他。只是点头寒暄，未作深谈。我这个人对前辈、对领导、对名家，有两种态度，一是敬而近之，二是敬而远之。我不了解文学界的是是非非，也不愿陷入。最近无事，翻阅了一些史料，了解到林默涵出身报刊编辑，是文学艺术界的好领导，为人耿直，是位有见地的文学评论家。对他，应敬而近之。我要把当年应该说也想说的那句感谢的话，大声说出来。好人长寿，他活到95岁，2008年1月3日仙逝。

谢谢您，真心谢谢您，林老，林默涵同志！

汪曾祺醉丹青

我与汪曾祺相识是在1994年冬天。那年年底在中国美术馆有一个"中国作家十人书画展",除了我和汪曾祺,还有冯其庸、秦兆阳、李准、管桦、梁斌、阮章竞、张长弓、峻青。开幕之后,主办方中华文学基金会在文采阁举行午宴,我和汪先生同桌而且邻座。他说,他父亲是画家,会刻印章,"他不教我,我边看边乱涂乱抹。从小喜欢,但一直没画画"。"到了晚年,才开画。随意画,随兴画,见什么画什么。画画自怡自悦。有人喜欢就拿走。不过有个条件,拿酒送纸来才画。搭纸搭墨,我不画。"

正说到兴头上,酒菜上来了。

可能是赶时兴,主人称此宴为"三国宴"。每道菜都有名堂,"空城计""连环套""刘关张三结义"……时髦是时髦,但太牵强附会了。我只是心里想想,汪曾祺发泄不满了,说:"胡编乱造三国宴,横七竖八女妖精。"同桌的女工作人员见势不妙,赶紧向他敬酒。喝了几杯,他高兴了,才改口:"女将出马必有妖法。"他悄声说,女人喝酒厉害,不能跟她们斗。

那天,他坐我的车回家,一路聊画。他说画画好玩,画自己见到的感悟到的。早先画得少,到老了画多了,有时喝了点酒兴奋了,一下子就画好几张。他的画空灵,飘逸,清秀,高洁。是文人画,真正的当代文人画。前几年他给全国工人作家写作班讲课,尽讲文人画家的诗画,讲八大山人,讲石涛。学员们好生奇怪:我们是文学写作班,他怎么尽讲画家呢?无疑,他是沉醉丹青不能自拔了。快下车时,他说,今天他们光顾招待我们了,没铺纸……于是相约,哪天得空去他家,他做几个拿手菜,喝几杯……

《中国作家》发表过他的一幅画,他写了几句自述:"我有一好处,平生不整人。写作颇勤快,人间送小温。或时有佳兴，伸纸画芳春。草花随目见，鱼鸟略似真。唯求俗可耐，宁计故为新。只可自怡悦，不堪持赠君。君若亦喜欢，携归尽一樽。"

张锲上门求画

一个冬日,高大的张锲,头戴皮帽,身穿皮大衣,来到寒舍求画。他要一幅牛。我早些天已画好。打开画幅,牛向他奔来。他连声说:"好画!好画!"他说家里已挂了范曾的一幅画,再挂上这幅牛,蓬荜生辉。临走时,他再三作揖感谢。其时,他是中国作协领导,又是中国报告文学学会会长;我是副会长,我们是朋友。他曾在《光明日报》上发表长篇评论《民族魂 英雄志》,热情推荐《中国姑娘》。要张画,一句话的事。他却郑重其事,亲自登门。我喜欢他的这种为人风格。

人生如一切已足矣斯世尚仰同怀视之鲁迅老友存念

张锲

壬辰年春

自从我沉醉丹青后,求画者众,其中也不乏中国作协的领导。他们在任时,我没有给。我无事求他们,也避免闲言碎语。等他们退休之后,我一一给他们送了画。他们喜欢我的画,我高兴。他们念念不忘,感谢我。我对他们说:"我的画能为你们补壁,是我的荣幸。"

其实,张锲是最应得到我的画的。我从写作转身画画,走上丹青路,他出过大力。他是中华文学基金会的创始人,是基金会的总干事。会长是巴金,名誉会长是万里。1994年,他头一个提议基金会为我在中国美术馆办画展。因为我习画不久没有那么多作品,后改为"中国作家十人书画展"。这是新中国成立后的头一次作家书画展,有轰动效应,《人民日报》整版刊登作家的画,并且作了评论。有了这次起步展,我才有1997年国家画院的首次个展和随后的中外画展。

2002年,我在百年老店荣宝斋举办个人画展。张锲带同事前来观展,还写了留言:"兼收并蓄,自成一家。文坛俊杰,画苑奇才,是真名士也。我为鲁光兄喝彩,为文学界有此奇人而骄傲。"无疑这是过誉的留言,但我将他的留言作为激励,作为自己半路出家醉丹青的动力。

张锲是一位有胆有识、勇于开拓又敢于担当者，他办过许多大事好事。作家刘震云说："他是一个特别优秀的作家，一个纯粹的人，一个非常有生活情趣的人。"

他和我们在一起时，接过夫人几次电话，他总回答："我和鲁光在一起……"其实，在场的还有女作家。她们就笑：还有我们呢！

2015年，老家的艺术馆开馆，我在画室好好为他画了两头奔牛……但他在头年的1月13日已经离开了我们。

高莽之忙

头一次见高莽,是在中国作家协会全委会上。有缘,我俩挨着坐。他的大名如雷贯耳:他是大翻译家,是《世界文学》的主编。他身材魁梧,头发花白浓密,一副老花镜不离眼;参会很勤奋,不停地记。过了一阵,他碰碰我,递给我一张会议用纸,纸上竟然是画我的一幅速写。随意几笔,画了我的侧脸,神似。我想收藏,但不敢冒昧。他悄声说:"喜欢的话,你留着。"真大方!我误会了,他没做记录,他不停地在观察人画人;一个会下来,不知画了多少幅。

还是我孤陋寡闻,他早就以画人

物肖像闻名文坛。他画过鲁迅、巴金、茅盾、梁思成、曹雪芹，画过许多苏俄的大作家。2007年，俄罗斯举办"中国年"活动，高莽应邀参加了一个画展，展出40幅人物肖像画。北京、上海都举办过他的个人画展。他不但画中外名人，还画了大量的普通人。他所在的中国社科院外文所多数人都被他画过。我每次去访，他都即兴速写，几乎都将原作送我，自己留复制品。有用毛笔画在宣纸上的，有用钢笔、圆珠笔、铅笔画在打印纸上的，也有随手画在书刊上的。他在画上的题字有一绝。他年长我十岁，却称我为兄；他是大名

高莽为我画的速写

为高莽画水墨肖像

家,著作等身,却称我为师;这已超越了低调的底线。反对也无效。我理解为他的谦诚亲和,理解为他的文人风骨。高莽,高人也。受他影响,开会时我也悄悄画。画不像也画。我信勤能补拙。

有一回去看他,他在床上铺开一张四尺整宣,交给我一杆毛笔,让我为他画水墨肖像。太为难我了!但他不容商量,端坐着,等我动笔。我只好斗胆涂抹。人生头一回莽撞动笔,结果还真有几分神似。高莽收藏了。

  他90岁时,我们见了最后一面。他给我看了一幅画,用他头天理发时剪下来的花白头发粘贴成的肖像。这是他的最后一件别出心裁的艺术杰作。他没有忘记给我留下一张速写。我在画上题写了几句话:"老虎九十不出洞,写画人生不放松。待到高兄百岁时,老友相聚喝一盅。"

  他的书斋称"老虎洞"。91岁时,他出"老虎洞",永远走了。

沙叶新的名片

沙叶新有一张别具一格的名片。

"我,沙叶新。上海人民艺术剧院院长——临时的;某某理事、顾问、副主席——挂名的;剧作家——永久的。"

有一度,名片五花八门,大多印单位、职务电话,公关交往用的。有不少人把各种头衔都印上,正反面印满,很唬人。一位有个性的教授,印上"纳税人某某某",其实他那工资交不了什么税,他是显清高。沙叶新的名片,很另类,当属天下独一份。说明他不图虚名,为人真实,也很幽默。用他自己的话说:"人,一

我与沙叶新合作写《中国姑娘》剧本

生扮演过很多的角色，戴过很多假面具，一个重要的因素就是虚荣。如果把虚荣去掉，人会变得坦率、真诚一些。"

上个世纪80年代初，他到我家里吃过一顿便饭，我夫人做了一碗西红柿鸡蛋面，他直说"好吃，太好吃了"。那时冬日没有西红柿，是我夫人做的西红柿酱。我大女儿正考大学，我夫人担心考不上，问他："考不上怎么办？"他的回答，是沙氏幽默，说："考不上自杀。"几十年后，再相见，他还记得西红柿鸡蛋面好吃。我夫人就站在一边，他却不认识了。他那句"考不上自杀"的玩笑话我夫人却一直记得。

有两年，我们合作写电视剧剧本《中国姑娘》，朝夕相处。他称我"政委"。上海人民艺术剧院院长黄佐临要退休，看中他，想让他接班，让他入党。他推心置腹地跟我说："入不入呢？入了，出了问题，又要多一层批判。可佐临是我的恩人，对我真好……"我劝他入。他入党并不顺利。最后是当时的高层领导人做了批示才解决的。要不要当院长，他给我写了一封长信。结果寄错地方，地址写成北京先农坛体委。一个多月后，我才收到。我马上回信，应该当。其实，他已当上多日。我怕"触电"，写电视剧打退堂鼓。他写长信，为我打气鼓劲。言辞恳切，让我感动。

他是个大剧作家，写过很多剧本。有获奖的，如《陈毅市长》。有引发争议的，如《假如我是真的》。还有《寻找男子汉》《耶稣·孔子·披头士列侬》《幸遇先生蔡》《马克思秘史》《邓丽君》……有的公演了，有的未在大陆公演。他还写了许多散文、杂文。我一生不请人写序，却请他为散文集《生命写真》写序，因为他会说真话。他说，我的这些散文皆属益世之作，对《中国姑娘》说了溢美之词:"鲁光能有一篇《中国姑娘》问世并传世,作为一个作家来说,已经是功德圆满了,至少在新时期的文学史上可以有一席之地了。"2018年7月26日,他走到人生的尽头。去世前,我因出版文集要想收入电视剧剧本《中国姑娘》之授权事,打电话给他,他说:"不用管我了,你署名就可以了。"他是真诚的,他已无我。没有他的授权书,我没有将这部二十几万字的剧本收入文集。有遗憾,但这是我俩的共有版权,我绝不可一个人享用。

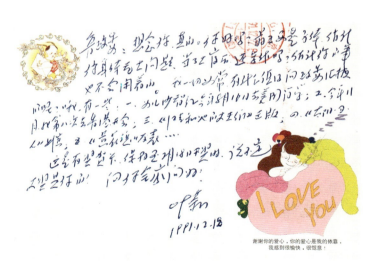

沙叶新寄来的明信片(1991年)

对他的评价，是有争议的，有人视他为"另类"。但，他绝对是一位说真话的有良知的作家。他曾解剖过自己的名字，"沙叶新，曾化名少十斤。少十斤为沙叶新的右半，可见此人不左。砍去一半，也不过十斤，可见他无足轻重……"他的幽默无处不在。

幽默是一种智慧。大幽默是大智慧。

苏叔阳的奉献

记不清哪年夏天,我跟苏叔阳夫妇有过一次白洋淀之行。他大口吃西瓜,但每天都靠打针控制血糖,好像边治疗边又不在乎。一深聊,才知他还是位癌症患者。1994年元宵节参加晚会归来,突然眼前蒙蒙眬眬,连台阶都看不清。到医院一查,是肾癌,切除了右肾。

癌是绝症,得了癌,等于被判了死刑。人们无不谈癌色变。据说,得癌者,三分之一是吓死的,三分之一是治疗过度而死的,只有三分之一幸存下来。刚开始,他也苦闷,甚至借酒消愁。后来他想明白了,他说:

从左二至右：鲁光、陈祖芬、吴泰昌、苏叔阳、严文井、张锲、周明、肖复兴

"人生谁也逃不过生死关。害怕、瞎闹无济于事，还不如快乐地迎接它，抓紧时间做自己想做的事。"

我和苏叔阳为当地的朋友写了几张字，对方送我们一人一只箱子。他叮嘱我："送箱的事不要跟我老婆说。收人家的礼物，她会说我的。"过了一会儿，他又说："我们写了那么多字，给个小箱子也是应该的。"我觉得，他很正统，他的妻子比他更正统。在严于律己上，他甚至有点"惧内"。

在影视基地东阳横店，有过一次全国患癌人的聚会，召集人找我去做了个"抗癌报告"。我讲了苏叔阳的故事。他患癌症25年，三次闯过死亡关。他是著名作家，1978年他的剧作《丹心谱》在北京人艺上演，万人空巷。他的电影《夕照街》、长篇小说《故土》、中篇小说《老舍之死》都风靡一时。癌症没有击倒他，他说："癌症使我真的认识了自己，不为虚名所累，干点力所能及的事情。"他用散文体写了《中国读本》《中国美德读本》和《西藏读本》，其中，《中国读本》被翻译成15种语言，在全世界发行1200多万册。他抗癌心得是八个字："心宽一寸，病退一尺。"他把癌症当朋友，视写作为生命。他说："创作的路是我自己选定的，不管我多么衰弱，但只要生命的烛火还在燃烧，我就会走，哪怕是爬行，也要在这路上挣扎。"

他在文学上的贡献，众人皆知。但他在体育事业上的一大奉献却不为人们知晓。

我在人民体育出版社当社长时，他给我写过一封很长的信。他有两个儿子，小儿子学有所为。大儿子苏雷，工作单位不如意，也不成家，成了他的一块心病。他责怪自己关心不够，深感内疚。他想介绍儿子到《中国钓鱼》杂志社工作。我们不相识，但他的爱子之心打动了我。

苏雷长得壮实,为人也实在,很快成了这家杂志的得力干将,为杂志打开局面立下了汗马功劳。不久,便成了家。

有钓鱼活动,苏叔阳都来。有一次我对周总理扮演者、钓鱼迷王铁成说:"苏叔阳对中国钓鱼事业是有贡献的。他将大儿子送给了钓鱼杂志。"每当这时,他总是笑得很开心。

他活到81岁,与癌症顽强地搏斗了25年。2019年7月16日晚间,他走了。

《人民日报》罗雪村给他画过一张速写头像,苏叔阳在空白处写了一句话:"这世上一切都可腐朽,唯有真诚永存。"

陈祖芬的一封信

1985年,我接到任命书,去体育报社当头儿。同时,收到女作家陈祖芬一封信。全信除去我的抬头和她的签名外,总共只有10个字和6个感叹号:"太可惜!太可惜!!太可惜了!!!"

当社长兼总编辑,在常人眼里是升官,应该恭贺。而在她心目中,是文坛失去一个正处创作盛期的作家。任命在身,我只得服从,但牢牢记住了这十个字,认准她是在京城的一位真诚文友。

此生收到过信函无数,但祖芬的这封信,是最刻骨铭心的。

上世纪90年代初,因一篇报道,国家体育总局主要领导要撤总编室主任的职。分管领导找他说了三次情,他不松口,说:"我就不信一个部长撤不了一个处长的职。"事发时,我没在社,不负主要责任。但我认为应以教育为主,撤职处分太重了。相持不下,最后只能拿自己的乌纱帽做最后一搏:"要不撤我的职算了,您对上好交代,把社长、总编辑撤了;我对大家也好交代,部下犯错误,我们领导承担责任。"最后,这位总编室主任做检查了事。

陈祖芬的信,给了我处理这类事的底气。不留恋官场,去写自己想写的东西,也许就不会留下那么多遗憾。

陈祖芬的弟弟陈祖德是中国围棋界的泰斗,我们常见面。我和祖芬走得近,多少与此有些关系。

祖芬很纯粹,很真诚。我写中国女排的报告文学《中国姑娘》后,她对我说"以后不写体育了"。我问她为什么,她说"还怎么写呀"?!此后,她真的不涉足体育题材了。她满世界跑,什么都新鲜,什么都写,而且频频得奖。

她迷上洋娃娃,自己设计,自己缝制。看中国足球不争气,她缝制了40多个足球娃娃为中国足球加油。她爱上了石头,见到我简直欢叫起来:"鲁光,我收藏石头,可好玩了……"高兴得像个孩子。受她的影响,我也玩起石头来。在山东海滩,从海水中找石,和小外孙一起找,光滑的,图纹奇异的,色彩鲜亮的……大大小小,二十来块,拉回北京。在青岛崂山海边捡到一块十多斤重的奇石,请一起参加啤酒节的美学大家王朝闻品鉴。王朝闻反复观赏,说:"有价值,可收藏。"他接过去又看了一阵,说:"就是太重了……"他夫人说:"不是送你的。让你过过目的!"王老说:"好石头,难得的,带回去吧!"我用一个大包装上这块经过美学大家品鉴的崂山石,流大汗,背回北京。我打算将它送给祖芬。她一定会开心大笑。

各忙各的,这块石头一直没有机会送给她。听说她得癌症了,后来就失联了。前两年,周明悄声告诉我,祖芬走了,她不让登报。我急忙打开电脑寻找她的消息,但找不到一个字……

祖芬在自述中写过:"我出生时没哭,光笑。"她纯真,天真,一生爱笑。她走了,不让悲痛惊扰别人。她一定是忍受着痛苦,笑着走的。

李苦禅赠鱼画

上个世纪80年代初,我与苦禅先生结识,成了他家的常客。他为我画过一幅鹰,方形的嘴和眼,很凶猛。他说:"苍鹰不搏便鸳鸯。"那是他心中的鹰,抒写他豪侠之气的苍鹰。他是在1983年6月11日,一个周末仙逝的。这年春节后,我去看望过他。他正在画鲶鱼,厚重拙朴,让人喜欢。我情不自禁地赞美了几句。临别时,苦老夫人李慧文拿来一叠小斗方的鲶鱼画,说:"你们体委的有人拿了几张,你喜欢就挑两张。"民间盛传京城有四大管画厉害的夫人,李慧文是其中一位。但她却对我网开一面。我

苦禅先生笔墨摄影家游一从苦禅家拾来残稿送我珍藏数十年，为题数语玩赏。㦺生铁翁

在苦禅先生送我的墨宝前

一幅一幅品赏,沉醉在苦老老辣厚重的笔墨中。这位中央美院医务室出身的李慧文说:"黑乎乎的有什么好,让他好好给你画一张。"显然,她误会了。其实,苦老的画,随便哪一幅都是墨宝。那时,我住在工人体育场,为中央电视台赶写电视剧剧本《中国姑娘》,有一段时间未去苦老家走动。一天,在人民大会堂的活动中见到了苦禅先生,他说:"我给你画好了一幅鱼,你怎么那么忙,多久日子不来我家了?"我说我忙着赶写电视剧,过两天就去看您。

我结识苦老多年,帮来访者拍过多少照片,自己却未与苦老合过影。一个周末,我特意回家取了照相机,准备第二天周日拜访时与苦老合个影。我刚回到工人体育场的住处时,已被导演蔡晓晴选中的演员迟蓬说:"鲁老师,不好了,李苦禅先生去世了……"

我通宵难眠,伏案写了几千字的《"上帝"李苦禅》。当然,鲶鱼画我没有去拿,我深深陷入痛失恩师的悲痛中。有一年,我的一位乡友摄影师送了我苦老的一角残画,我珍藏多年,时不时拿出来观赏。半截树,几片叶,一只麻雀……笔笔精彩。我没有剪裁,将残画托裱后,自己题写了几句话挂在画室墙上,朝夕观赏。没有得到的不遗憾,已经拥有的要珍惜。

引客入宅方济众

方济众是长安画派"三杰"之一,其他两位是赵望云和石鲁。1982年,时任中国画研究院院长的刘勃舒让我去西安看看方济众,顺便让他画幅画,一位外国朋友要收藏。

方济众当时是陕西国画院院长,名望高,不知道会不会有名家、大家的架子。这个担心是多余的。他见了我,又把画院的其他画家一一介绍我认识,罗平安、苗重安……有四五位。他说:"你们画张小品送他。"

方济众动笔为刘勃舒作画。他做过美术老师,跟赵望云学画。方济众遵循长安画派"一手伸向传统,一手伸向生活"的宗旨，变革国画，追寻自然本性的抒发，创作了许多风格独具的田园山水作品。

我一直站立一旁，看他用笔，用墨用色，绝对是一种艺术享受。他说："给你画一张。"意外的惊喜！他画站立在巨石上的两只羊。画毕他端详了好一阵，签上名，落上款。

画家罗平安来催大家吃饭。吃了什么美食，品了什么好酒，我全没有印象。收藏到几幅长安画家的画，已然兴奋得忘乎所以。回到院长办公室，我正要辞别，方济众打开为我画的画瞧了瞧，说："画得不太好，重画。走，到我家去画。"一位年届七十的老人，中午本该休息，怎么好打扰呢！但他一再让我去他家坐坐，喝杯茶。

名人一般忕陌生人去家，方济众却主动邀我这个初次见面者回家。他为我泡了一杯茶，便铺纸画画。还是画了两只羊，山石拉了一些墨线，点染满纸的红色。他自己很满意，说"这幅好"。等墨干，我们聊画。他问我画什么，我说画牛多些。他说牛是勤劳的图腾，可多画，还从画桌上拿过来一幅小画——两只水墨骆驼，很有品位。他说："骆驼和牛品性相似，这是从大画上裁下来的，送给你吧！"

真是太大气了，我不知道说什么好。我告辞，他说："再等等，我陪你去看看石鲁。"石鲁是个传奇人物，有机会得见，实在太难得了。

　　谁知打电话联系后，才知石鲁住院了，正在打点滴。"只好下回来见了"。

　　没有下回了。三年后我再去西安时，石鲁已仙逝两年多。方济众在画室里修剪兰花，心情不是很好。长安的两位画家，李世南和王子武，先后离开西安，去了南方。他感叹："太可惜了。"

　　后来，在深圳我见到了他们，说了方济众的感叹。他俩都很怀念长安岁月。李世南是石鲁的忠实追随者，为石鲁写了一本传记《狂歌当哭》。我看了原稿，并写了序言。我了解了石鲁的从艺理念和人生追求，也第一次了解到他在"文革"中被逼疯及疯后的种种遭遇。他恢复正常后请了一次客，客人全是街头乞丐。这帮乞丐，正是他疯后流浪街头的伙伴。李世南写石鲁的八字胡，"像一对犟牛的犄角"，描述出石鲁倔强的个性，一见难忘。

　　《狂歌当哭》总算弥补了我十多年前错过拜见石鲁的遗憾。但我始终忘不了方济众当年见面时的诸多好意。

开明馆长刘开渠

1985年在中国美术馆举办了中国首次体育美术展览,展名是时任中国美术家协会主席吴作人先生题写的。这次展览是国际奥委会倡议的,国家体委将这项任务交给了我们宣传司教育处。当时我是处长,责无旁贷。

这是一个综合性的大型展览,雕塑、油画、中国画、版画、漆画……把美术馆一楼展厅都用上了。我异想天开,打算引进一些体育用品商家参展,展地就用馆东头的长廊过道。美术展览,引进商家,对中国美术馆来说是首次,美术馆工作人员谁也不敢做主。当时,刘开渠先生是馆长,他

与刘开渠在中国美术馆外（摄于 1985 年）

领导并参与过人民英雄纪念碑的设计和大型浮雕创作。不知他老人家会否同意开这个先例。当我向他讲述了这个想法后，他居然很痛快地点头赞同。开幕时，那体育商品一角颇为热闹：时尚的运动服装、运动鞋，还有鲜见的保龄球……我们还送了美术馆工作人员运动服，他们穿在身上，特有新鲜感。

这次美展的重头戏是雕塑。评委是重量级的：刘开渠、吴冠中、华君武、周思聪、刘勃舒、郁风……但评委中从事雕塑专业的却只有他一人。这次展览只评出两个特等奖，全被雕塑拿走了，一个是田金铎的《走向世界》，一个是朱成的《千钧一发》。两件都是现代雕塑作品。评选时，刘开渠投了赞成票。这是很重要的一票。他自己的雕塑风格是写实的，造型简练，准确大气。在作品送往瑞士洛桑奥林匹克总部陈列前，他特地和我们在雕塑前合影留念。他为中国雕塑走向世界而高兴。

我参观过在他老家的纪念馆，馆名是赵朴初先生题写的，大厅墙上有"人民艺术家刘开渠"八个金色大字；还见到了他的至理名言手迹，"人生是可以雕塑的"。

周思聪的生命绝唱

我与周思聪有十余年的交往。我去过她在光华路和帅府院的住所,去过她住院的病房……她的《人民和总理》《矿工图》,是时代的强音,震撼过我。她的人物肖像蒋兆和、李可染,征服过我。她的变形女人体,陶醉过我。但最令我痴迷的是她晚年的"荷花系列"。

1987年2月,朋友何韵兰来电话,她们九位女画家在中国美术馆有个展览,有她和周思聪的新作品。走进中国美术馆西南厅,女美术家们风格各异的画作扑面而来。何韵兰的彩墨画,浪漫现代,表达了女性的忧愁与喜乐，我当夜写了千字文《何韵兰的女人世界》，后来发表在《文艺报》上。展厅中最让我耳目一新的是周思聪的"荷花系列"。烟雨中的残荷，薄雾中的荷塘，隐约中的荷花……淡墨淡彩，以淡为基调，偶有浓笔。淡而不死，淡墨淡彩中层次多变。绝对的水墨大师。每幅荷花画，都透出画家的内心思绪和情感，默默地诉说着悲欢。从《矿工图》的厚重浓烈到"荷花系列"轻柔婉约，周思聪的艺术发生了惊人的变化。

思聪正在住院。类风湿关节炎正折磨着她。我赶到医院探望她。在病房里，我说了观感："你的荷花画得真美。这样的画年轻人也可画。以你的功底还是应

思聪赠我的书

该画些更有力度的作品……"说这话时，我脑子里浮现的是她的《矿工图》。对我的冒失唐突的评论，她未作评说。她平静地说："过去我画得比较甜美，这与当时的心境有关。后来心中有一种积聚，想迸发，想宣泄，就画了《矿工图》。感情宣泄了之后，感到心中空寂。我一直在病中，很痛苦。人到中年，总想变。我在探索新的路子，但直到现在还没有找准路。我自己也很是苦恼。"她伸出手让我看，这是被病魔毁坏掉的变了形的手，残疾的手。她只能用两个手指挟着笔画画。啊，病魔已夺走这位才女的健康和创造力。她外表温顺柔和，内心却坚强不屈。

她的先生是中央美院教授卢沉。1998年初夏，我和卢沉作为苏州大学艺术学院聘任的兼职教授，去苏州讲学，朝夕相处了七八天。卢沉问我该怎么讲好。我笑答："卢沉教授，你是资深老教授，我应向你请教，怎么你倒问起我来了？"卢沉很真诚地说："我主张变，艺术的出路在变。这么讲，不知人家赞同否……"我说："我赞成你想讲什么就讲什么。"

卢沉是水墨画变革之路的开拓者。变，是他一生的追求，是他的艺术理论的核心。他主张以变求通，

在求变中寻找艺术定位。他的观念深深影响了周思聪。他们志同道合，相辅相成。周思聪从《矿工图》到"荷花系列"的画风演变，亦是她心灵和追求的演变。最了解她的，还是她的先生卢沉："荷花是周思聪一生中最好的抒情作品，也是她自身的写照。"

周思聪只活了57岁。荷花作品真正体现了她的平淡个性和人品，尤其晚年与疾病抗争而又无奈的悲伤和壮烈。这是她人生的悲歌，是她生命的绝唱。

画界有一种说法，"卢沉画派的代表人物是周思聪"。我问卢沉此话怎么解读。他没有直接回答，但他说："我们的艺术观点是相通的。我为她编画集、办展览，不仅因为她是我的妻子。她的艺术影响一代人。她属于中国，也属于世界。"

我行我素宗其香

人与人相识是有缘分的。1986年6月11日，李苦禅纪念馆在济南明清古建万竹园开馆。参加开馆典礼的来宾下榻舜耕山庄，我的隔壁房门上贴着"宗其香"。

宗其香的大名，我知道。他是中央美院教授，"文革"中批"黑画"时首当其冲的黑画家。他壮实，虎头虎脑，顶一头稀疏花白短发，一看就是位有气质有个性的艺术家。晚饭后，他敲门来访，说："我一般不参加社会活动，苦禅人好，我是主动来参加的。我跟着你活动。"我们素不相识，怎么这么信赖我？第二天去万竹园开会，我们一起上车，挨着坐。他说话很生动。他说，苦禅讲义气重感情，下放农村时，他们在一个生产队。有一次，苦禅从田埂上摔下去，一身泥水。他说他有武功，一个跟斗站了起来。苦禅爱人李慧文在另一个生产队。那个生产队养鸡，苦禅老借口去看芦花鸡，实际上是去看老婆。找不到苦禅时，大家就说，又去看芦花鸡了。他讲得很认真，却引发了一阵笑声。

晚餐后，山庄老板请他作画。他一开始不太乐意，一听老板说明天去看山，高兴了，他喜欢山水。我们去了画室。大画案上，铺着张大宣纸。他抓起笔，一阵挥舞，纸上就出现了树干树枝。他又蘸了红色，画了几朵梅花。他冲围观的女服务员说："你们照着把梅花画上，明天下山后，我来收拾。"说完，便径直回房间了。我担心这群女孩怎么画梅，敢往上画吗？

他画梅，是有传闻的。20世纪80年代初，几位名家在友谊宾馆作画。他旁若无人，挥洒自如，画一幅梅，一气呵成。同室作画的李可染、吴作人、刘海粟都停笔观看。刘海粟还即兴写了一幅字相送："当其下笔风雨快，笔所未到气已吞。"他借用苏东坡的诗，赞

赏宗其香画梅。

那晚，他道出他喜欢画梅的缘由。他出生在南京，那儿有梅园、梅山。他夫人叫武平梅，武平梅的姐姐叫武豫梅，大妹是电影演员向梅。武家三梅，是他青年时代的私塾弟子。他与梅有情缘。

最敏感的话题是"文革"中批"黑画"。在中国美术馆和人民大会堂挂出的"黑画"120多幅，宗其香一个人就有28幅，占了四分之一。他的那张《三虎图》最出名。隔离审查，遭武斗。他禀性刚直，与人争辩。他最伤心的是自己的学生殴打他。

第三天自由活动，我去曲阜拜孔子，他又跟我去了。孔庙、孔林，整整一天。他说："回北京去我家，我给你画画。我爱人会做一手好菜。"

他家在团结湖。他家给我印象最深的，一是他的山水画，尤其他画的夜景山水。他将西画的光影与中国画的水墨相融合，走出一条中国山水画的创新之路。当红的山水画家贾又福是他的学生，山水画名家徐希是他的崇拜者。他的山水画影响了几代人，行内有人感叹他是"被遗忘的大师"。二是他画室的那面"山水墙"。那是他用从各地捡回来的石头建造的，有流水声，有游动的小鱼……这是天下画室独一无二的风景。

宗其香说："批我是游山玩水派。我就是死不改悔的游山玩水派。等我走不动了，我就躺在画案上观赏这一墙山水。"

黄苗子说："宗其香是一位最有脾气的艺术家。"他真是一位我行我素的画家。

他问我要他画幅什么画。我说："梅花。"他说："明白了。"

赏画、聊天、吃饭，忙了大半天。他要动笔，怕他累了，我告辞，说："下次画吧，你歇一会儿。"

后来，他又离京去桂林隐居山水间，而且一去不复返。1999年12月29日，他去世了，时年82岁。骨灰抛撒漓江山水间。

他生前说过："我是一个美术工作者，我喜欢大自然，喜欢山，喜欢水。有时候在山水里面，我想变成一块石头，把自己融化到大自然里去。"

您如愿了，宗教授。

吴冠中好讲真话

我与吴先生相识在上个世纪80年代中,他是首届中国体育美展的评委。开评委会那些天,我每天去他家接他送他。他瘦瘦的个儿,典型江南人。衣着很朴素,讲话好激动,但为人很随和。天天开会,早出晚归,我们很快就熟悉了。他看过我写中国女排的报告文学《中国姑娘》。他学了绘画,但喜欢文学,喜欢写散文,很喜欢鲁迅。我读过他的一些散文,写得很真情。他有"我负丹青",又有"丹青负我"之感叹。我们谈文学比谈艺术多。因为我们都住方庄,散步、买菜、购物,偶尔碰见。当然,去他家拜访也方便。

他说话很直爽。1996年,他状告假画《炮打司令部》。我见他时说:"吴先生,你官司打赢了。"他高兴不起来,很恼火,说:"太累人了,耗了我两年时间。以后再不能打官司了。"

交往多了,我不时听到他说一些很尖锐的话,也在报刊上见到过对他的批评意见。

有一回,他说,徐悲鸿的教学体制害了中国几代

吴冠中夫妇(中)参加画展

人。有人已写了几千字的批判文章。那是我头一回听到对徐悲鸿负面意见，有些吃惊。但我开始思考这个问题。有人说，吴先生当年在重庆办画展时，徐冷淡过他，他们有过节儿。有一次，我问过徐悲鸿夫人廖静文，她说没有这回事。看来是艺术思路不同之故。后来，吴先生不断有尖锐言论问世。如"笔墨等于零""不下蛋的鸡""一百个齐白石顶不上一个鲁迅"。当代中国敢如此说话的，还真找不出第二人。吴先生成了一位有争议的艺术家。我跟吴先生有些交流，听他讲述过他这些言论的本意。他说话好过激，好过头。他说，不这么写怎么刺激人、引起关注呢。其实，细读过他的文章，或听过他阐述观点，便会理解他。他一生立足中国画的创新，敢说话，敢实践。他的很多建言虽一时无法实行，但不失为真知灼见。

我很赞同邵大箴教授对他的评价。邵大箴说，做人难求全，做艺也是如此。全了，就没有个性，没有特点了。

华君武的大度

我和华君武交往时间较长。我们因体育美展结缘。1985年,在国际奥委会主席萨马兰奇的倡导下,我国举办了第一次全国体育美展。国家体委把操办美展的任务落实到我们处的头上。当时我是这个处的处长,全力以赴策展工作。雕塑最能展现体育之美,召开雕塑座谈会、组织雕塑家创作,下了大工夫。中国画表现体育之美难度相对大一些,为保证画展质量,我建议特约十位中国画名家参展。华君武支持我的建议。黄胄说:"参展没问题,至于评奖……"我听明白了,都是名家,评不上不好看。

范曾顾虑更大,他与华君武不对付,怕被打压。我建议,十位名家作品不参评,给荣誉奖。黄胄、范曾都赞成。

评委会成员都是中国美术界的大腕儿,主任是华君武。华君武委托我主持。每个评选意见,我都征询华老意见后敲定。讨论授予十位名家的荣誉奖时,华君武对范曾获奖提出异议:"中国美协给荣誉奖都是德高望重的。范曾不到六十,凭什么给他……"会场哑

然。国家体委副主任徐寅生瞧瞧我,也不好说话。我这个始作俑者只好硬着头皮说:"中国美协的做法完全对。不过,体育是年轻人的事,荣誉奖的年龄是否可以放宽一点?"我边说边观察华君武的脸色,不等他表态,又补充了一句:"假如此奖美协不便给,就由中国奥委会给好了。"华老当即表态:"这我没有意见。"

  颁奖会在新侨饭店举行。会前,范曾找我,要代表获荣誉奖的画家们发个言。我同意了。吃晚饭时,华老找我告假,说晚上郊区有个会,请个假。麻烦了,华老肯定听到范曾要发言的风声,有意回避了。晚上,范曾讲话时,还真说了几句影射华老的话。

  文艺界的恩恩怨怨不知有多少。不知深浅的我,无意间陷进去了。次日一早,见了华老,我说:"我知道您昨天为什么请假了。你是发奖领导,他是领奖人……"不等我说完,他笑着拍了拍我的肩膀。我想,我肯定得罪这位美术界大佬了。

  1994年,中国作家十人书画展,他来观展,在我的画作《老屋》画前,与我合影留念,还说:"我们交换一张画。你给我画张老屋,画小点,我的画小……"1997年,我在中国画研究院举办首次个展,他出席开幕式,看过展览后说:"送几张画照给我,我写一篇漫话,从你的大写意画中得到启示……"后来一忙,忘记送了。我一直责怪自己的疏忽。

华老也是我入中国美协的推荐人。我是中国作家协会的会员,不打算再入美协。他说:"你画画,还是应该参加美协。"那些年,我老回浙江老家,他不止一次催我填写入会表格,热情地说:"只要你表示愿意加入,我来举荐。"

看来,他并没有计较当年评奖时我的固执己见和冒失莽撞。据传他还到农村"四清"地向当事人赔礼道歉……

他逝世时,95岁。应该说,华公君武,为人大度!

崔子范交「作业」

2008年北京举办奥运会时,我已退休十年。但我在体育界工作一生,有浓厚的奥运情结。我策划了一个"情系2008中国名家书画展",想以一道文化大餐为奥运会加油。奥运会开

崔子范授课(摄于1989年)

幕头年,崔子范已92岁高龄,刚从老家莱西回北京过年。吴冠中曾说,崔子范的画在当今中国花鸟画坛是鹤立鸡群,一定得请他出马。崔老没有推辞,问我何时交稿。我给了他十天时间。第二天,他老伴李谊绚打来电话,说老崔头天中午便没有休息,今天一大早就起来了,尽想怎么画,真怕他累着。我存心不跟他

联系，以免有催促之感，让他安安心心创作。谁知六天后，崔老来电话说：画好了，交作业。我马上去他家取画。

　　崔老的画风厚重强烈，我是熟悉的。但他晚年还在探索，还在变。90岁之后的作品，见得少。这是幅四尺整纸八平方尺的大画。一打开，眼前一亮：一棵大树，几十只浓墨重彩的鸟，大红大绿大黑，具象又抽象。与以前的画比，色彩更浓艳，物像更简约，味道更稚拙。他说，我用浓墨重彩表达北京欢迎你。崔老以最炽热的感情来庆贺奥运盛会在北京举办。我跟他习画时，他叮嘱我从文学入画，以画抒情。他的这幅花鸟画，正是文学入画的经典之作。

　　展览在中国现代文学馆举办。崔老的画特别吸引观众眼球。遗憾的是崔老未光临现场，已回山东老家。直至他96岁仙逝，再没回过北京。作品展出后，我退还给他的家人。

　　我去莱西参加葬礼时，老三崔新建告诉我，那幅画被人偷走了，偷走的还有一本册页。那本册页，崔老让我看过。保险箱打开时，里面有一本未画过的册页。崔老画过的那本不见了。

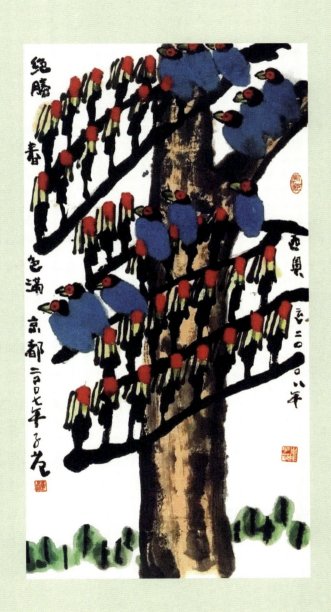

林锴送对联

"钝刀仍刻鹄,长铗不弹鱼。"这副对联写于乙丑年新春,林锴病后之作。有些年,人民美术出版社老楼是我常去的地方。那儿聚集着一拨书画精英,徐希、张广、石虎、林锴……我一边看他们作画写字,一边聊画坛新闻趣事。林锴是他们中最年长的一位,沉默寡言,但同人们都推崇他,尤其是他的书法。他们出画册不找别人,都找他题字。之前,我只是听之信之。这年春日,我去林锴家,他趴在地上为我画了一幅花鸟,以线写出花鸟,特有骨气。因为我脑子里老想着一个问题,便脱口而出:"为什么

钝刀仍刻鹄　长铗不弹鱼

同人们都说你的书法好？"他没有回答，从一堆字画中找出一副对联，后又在空白处即兴书写了数十个字，送给我。对联上的十个大字和即兴的几行小字，古拙苍老，把我震了。我信了他的同事们的眼力，服了他的书艺。

沈鹏先生是他的同事。林锴长他七岁，资历更深。人民美术出版社一下子出了两位书法大家。

林锴1924年1月1日出生在福建。1950年毕业于国立艺专，得黄宾虹、潘天寿等前辈亲授，学识渊博，清瘦干练。进出版社后，他一直生活在人美。人美的朋友都说他有才，尤其说他的字好，有创意。林锴把碑帖掺和一起，用线随意自如而又精准，字形放松，墨色变化，苍劲拙朴中透出秀逸，个性独具，好看耐看。

他的诗词，受过潘天寿的精心点拨。潘天寿说，诗应以美为原则。诗美，也就反映心灵美。失去美，诗便不成诗了。林锴人品高，诗品也就高。从1992年到1995年，他连续四年获全国诗词大赛奖。这在书画界是罕见的。

林锴的印也别具一格。记不住哪一年了，我去过他在亚运村的家，他正在刻印。我见了他的几方印，一见难忘。

诗书画印集一身，诗书画印熔一炉。字，功底深厚。诗，有画意。画，有诗情。印得益于画的布局，字得益于印的金石趣味。林锴是当代文化界的奇才。都说书画延年，但这位隐身于中国书坛画界的名士高人，八十多岁就驾鹤西去。

我不通书艺，但深爱林锴送我的那副对联，常拿出来欣赏。好字真是百看不厌。我也向他的儿子林阳展示过。林阳曾任人民美术出版社总编辑，是当今中国知名书法家。他说："我还写不出他的书味。"

「国眼」杨仁恺

与杨仁恺老先生相遇相识,很偶然,但很幸运。2000年夏,我在杭州一位画家朋友家里偶遇他,他那时已86岁高龄。个儿不高,壮实,身着白色短袖衬衣,顶一头稀疏白发,戴一副深度老花镜。画家朋友拿出一幅李苦禅的画,请他鉴定。他摘掉眼镜看画,离画很近很近,几乎碰到眼睛。看得很认真,反反复复看了好一阵。画家朋友说:"这幅画是一位派出所所长的,他在'文革'中救过我的命。"杨老放下画,沉默不语。头一回见杨老,给我留下两个深刻印象。一是他的眼睛视力实在太弱了,二是看画鉴定时的严肃。

次日，我们下榻义乌大酒店。一位金华人送来一幅范曾的画，请他过目。他说，我是鉴定古字画的，当代画看不好。他指着我说，鲁光跟范曾是朋友，对他的画熟，请他看看吧！一点儿也没有大鉴定家的架子；大学者的谦诚，让我感动。

这是一幅八平方尺的人物画，造型、用线用墨都不对，不用细看，便可断定是造假之作。我实话实说。持画人老不高兴，说在金华已经请专家看过，是真品。我说，是真品，你就珍藏吧，别再拿来鉴定了。杨老端坐一旁，微笑着一言未发。持画人总希望手中的画是真品，特别希望能得到像杨老这样的鉴定权威题字认可。因为如若真品，便是一笔大财富。

杨仁恺是辽宁省博物馆的名誉馆长，我国古代字画七人鉴定小组成员，为国家文物事业辛勤耕耘六十余年，是古字画鉴定界的泰斗级人物，被誉为"国眼"。我国绘画史上的艺术丰碑、北宋张择端的《清明上河图》真迹，便是他在1951年发现的。人们赞美道，"国宝遇到国眼"。当时他才35岁。他追寻的文物跨度五千年，他使许多中华传统瑰宝重放异彩。杨老

与杨仁恺在拍卖会上邂逅（摄于 2006 年）

学问满腹，著作等身，一生为国家追寻字画真迹，一心为公，两袖清风，自己家中不存一件文物字画。

　　他听说，东阳横店正在建造《清明上河图》景观，很有兴趣去看看。我出生在永康，读书在东阳，算是半个东阳人。横店老总徐文荣，我熟，找我画过牛。传说横店八面山有头金牛，用千年金稻草编织的绳子才能牵出来。牵出牛，横店就富了。我在牛画上题写

杨老送我的字（2000 年）

了几个字，"牵牛人徐文荣也"。听我这么一说，杨老说："明天你陪我去！"

从横店回来，杨老兴致很高。我们生怕他累了，让他早点休息，他却留我们再聊聊天。白天，他的随员给我讲了杨老在"文革"中的遭遇。他在北京住过几年，常逛琉璃厂，结识了张伯驹、邓拓。"文革"中，他被打成邓拓的人，抄家，挨斗。一次批斗时，一个年轻人重重地打了他一个耳光,打得他视网膜脱落,又得不到医治,右眼从此失明,左眼视力也只有零点几。复职后,他当了辽宁省博物馆副馆长。当年打瞎他眼睛的青年,在他手下工作。杨老宽宏大度。提薪时,有这个年轻人的名字,有关人员担心杨老会通不过。杨老批示,"我同意,上报吧!"

聊天时,杨老得知随员给我说起过这些往事,感叹道:"过去的就让它过去吧!那是特殊年代造成的。我还有一只眼睛,可以继续工作……"

义乌一别,便没有机会见他了。其间通过几回电话,每次我说:"杨老灵光!"他总回说:"鲁殿灵光!"这通幽默问候,源自杨老送我的一幅字。他用两张四尺整纸,竖写了四个大字,"鲁殿灵光",送我挂山居。字字墨足厚重,已深深印在我心中。

六年后,我们在亚洲大酒店的中贸圣佳拍卖会上邂逅。他离老远就看见我了,跟我紧紧握手,说:"多年不见了,我90了,倒计时了。"后来才知道,他住在301医院治病。

我正想找他求教。一位朋友从美国回来,拿出一件王羲之书法长卷让我过目。长卷上有历代名家十多人题跋。我知之甚少，不敢乱加评点。本想去沈阳找杨老了，今日巧遇，赶紧求教。

杨老很干脆地说："王羲之无真迹留世，赝品赝品……"正如学者冯其庸所说，杨仁恺是一位大学问家。

两年后，2008年1月31日5时25分，"国眼"永远合上了。杨老仙逝，享年93岁。

法乃光的百盘斋

法乃光是漫画家,中国美术家协会漫画艺术委员会曾授予他"中国漫画金猴奖"荣誉奖。我们是中国体育报社的同事,他是美编室主任。我虽然身为社长兼总编辑,但爱好美术,得空就去他屋里聊聊,还常玩儿几笔。他的书法颇有特点,宁斧成体,艺术趣味浓。他是中国书法家协会理事,与书法界交往甚密,跟刘炳森、沈鹏称兄道弟。1956年从中央美院毕业后,他就来体育界从业,被称为中国体育美术的开创者。山东青岛人,高个儿,长而有特色的脸,留一头长发,说话幽默,说急时有点口吃,为人随和，人们称呼他"法老"。1992年我离开报社时，他为我画了一张漫画，头戴罗汉帽，手持牛画，咧嘴大笑。画上题了字："五峰山人寻牛图。暗入无路山，心知有牛处。"算是为我送别。其实，他的一句大实话，"牛头画得好，牛屁股有点像猪"，让我寻牛、观察牛，两年有余。在皖南，我照了很多牛照片，大多照的是牛的后半身。牧童好奇地议论："老照牛屁股，也不照我们……"后来我发现，牛屁股有骨架，猪屁股尽是肉，一硬一软。画牛屁股应用兼毫，画猪屁股则可用羊毫。屁股是丑的，但画好了，却很美。两年后，我的牛画在崇文区美展中获奖。法乃光见画，题了一句话："詹光兄专攻牛屁股达两年之久。"

在南方庄，我和他住一幢楼。我住五层，他住八层。我是他家的常客。他的客厅墙上，挂满了各种瓷盘，有中国的，有外国的，有粗瓷，有细瓷，五花八门，多姿多彩。品茶，看盘，论艺，真是一种享受。有回我说起有的地下旅店太潮湿，他拿出随身带的小本子记了下来。本子里不知记录了多少趣闻逸事。过了几日再去他家时，他拿出一张漫画：一个旅客走出地下旅店，头上手上长了许多蘑菇。百盘斋是产生创

我离开体育报社时，法老赠我的画：暗入无路山，心知有牛处（1992年）

作欲望之地。

　　人们知道法老喜欢收藏瓷盘，有瓷盘就给他留着。有的运动员、教练员和官员，出访时也留意给他买回来。有人送盘，他一概笑纳。当然都有回报，送字送画还情。有人出高价收藏他的瓷盘，他没动心。他说："这是我的命。盘子没了，命也就没了。"我理解，这一百多个盘子，是他的精神财富。守着它们，他就是富翁，精神大富翁。

晚年他写过一首打油诗:"少小遇兵荒,壮遇红海洋,国兴人已苍。平生三分侠,疏狂又何妨。天涯一过客,老病两茫茫。"

2007年12月8日,他外出散步,未出宅院,便倒下了。时年才75岁。

他走后,我只去过一次他家,看望他爱人。搬离南方庄后,我十多年未去了,不知那满屋的瓷盘还在不在。他和那百盘斋,却永远留在我的记忆中。

汤文选以虎换牛

有一年，我应《人民日报》之约，写篇画家汤文选的稿子。我在德胜门外一幢普通单元房找到了他。晚年他客居京城。谈了个把钟头，告辞时，我拿出册页，请他留墨宝。他的老虎是出名的，人称"汤虎"。他没有画虎，画了条鱼，动态、墨韵皆佳。他说："我喜欢画鱼，年年有余，一生有余，吉利。"我说："你的老虎画得好呀，社会上都认可汤虎。"他翻开我送他的画册，翻到一页"空心牛"，说："你的牛，有趣味。这种以线造型的牛，更有特点。"停了停，他看了看一直陪在他身旁的一位老年

女子，说："请你给我们画一幅这种牛。我1925年生，属牛。她也属牛。我们家两头牛。"

那老年女子，很有气质。花白的头发，脸上的皱纹，都无法掩盖住年轻时的靓丽。估计也是一位艺术家。后来我弄清了：他和她是同窗，伴侣都先逝了，单身独居京城，后来结为伴侣，生活在一起。浪漫，美好。夕阳之恋！

李苦禅先生有言，书以画出来为高，画以写出来为极则。写意牛画多了，我尝试以墨线画牛，很出味。我曾在这钟牛画上题跋："自古画画有墨法，有法不依必挨骂。骂便骂，我且图新用新法……"对我的"空心牛"，有人喜欢，尤其年轻人叫好，但也有不喜欢的。一位资深的老画家、老教授再三叮嘱我："办展览，用写意的，不要用这种牛……"他是我的同道好友，绝对出于好心。我感谢他。反复思考，没有采纳他的意见，每次展览都用"空心牛"。汤文选在笔墨上是一位有创新的老画家，他的喜欢和首肯，使我更自信在笔墨上的尝试。

我画"空心牛"，画小幅，也画大幅。最大的一幅丈二匹，未完工，已被一家私人博物馆收藏。一位资

我的"空心牛"。是汤先生的肯定,坚定了我画牛的自信

深的老画家来笔会,一直照我的样牛画"空心牛",画一张撕一张,画到深夜12点,没有画出一幅满意的。他自言自语:"就这么几笔,怎么就画不出来……"他的书法功底是很好的,但愈简洁愈难画,而且那幅两头空心牛的样稿,是融入我对汤氏夫妇深情的。即使仿得了墨线,也仿不出情感。

回京时,我带上为汤先生画的两头"空心牛"。途经义乌时,一位老板朋友喜欢,非买不可。我只好回北京再画。汤文选画了一头小虎,他说:"自我感觉,这只乳虎画得好……"我拿出"空心牛":"我是投入感情画的。"他和老伴都喜欢,虎画牛画交换,成功!

我问他:"为什么老虎画得好?"他说:"好多人问过我,我真说不清。我画了,有人要,我就画上老虎了。"回答得很实在。他也问我,为什么喜欢画牛。我说:"我出生在山村,小时候放过牛,对牛有感情。"但有一点,我没有说,他以虎换牛,对"空心牛"的肯定,坚定了我画牛的艺术自信。

2012年,我在中国现代文学馆举办"鲁光现代写意画展",打头的作品,就是一幅五头"空心牛"的大画。中国现代文学馆的贵宾接待室中,已挂沈鹏、贾平凹和莫言的书法,还空着一面墙,馆长要我一幅作品挂。考虑再三,我画了三只"空心牛",题满一纸左书。黑色太重,盖了二十来个印,红黑相间,亮了画面。题为《牛图腾》,补了一面墙的空白。

这个以虎换牛的效应,是汤先生和我都没有想到的。

低调海派张桂铭

我们是2000年在义乌大酒店相识的。这家酒店老板朱友土好艺术，名声在外，招来了南北方的许多画家。张桂铭来自上海，是刘海粟美术馆执行馆长，绍兴人，个儿瘦小，老戴一顶灰色礼帽，说的不是纯正的上海话，有浓重的绍兴味儿。见到他，免不了会想起鲁迅笔下的人物，但他的画很现代，很时尚。

见到他之前，我已在北京见识过他的花鸟画，摒弃了三维空间，平面构成，以墨线、色块、变形改变传统，新颖、亮丽、现代。当时出售的版画印刷品，有他签名的500元一张，一见难忘。

在我的印象中，上海新一代海派画家里，他最前卫，走在变革的前列。他的知名度高，画也走得好。但他为人低调，老说他的画还是太具象，没有突破写实。有一次在中国美术馆，我和张立辰一起看他的画，他说："我只会勾勾线，填填颜色……"说得平平淡淡的，实际上他对中国传统画已经进行了一次革命。他付出的勇气，经历的艰辛，只有他自己最清楚。

当时我的五峰山居正在兴建，他和陈家泠围着老樟树和山场转了几圈，晚上回到义乌大酒店，挥毫为我作画。陈家泠画鱼，他画荷塘。我看着他布局、勾线、涂色、题跋，见识了一幅现代海派新作问世的全过程，过瘾，真过瘾！送我作品时，他还是那句话，"我就这么勾勾线，填填颜色……"

他喜欢我的画。也许我们图变创新的精神是相通的。他将我的画推荐给他合作的网站。他的家乡绍兴为他创建了一座艺术馆，我去造访过一次。艺术馆在绍兴市一条老街上，仓桥直街41号。房子是老式的，门口上方的木匾，"张桂铭艺术馆"，黑底金字，是吴冠中题写的。老房子，现代画，反差大，但又格外协

调，有品位。听说我去艺术馆赏画，他要从杭州赶过来。我谢了他的好意。我说："参观完我们就离开绍兴回金华。后会有期。"

2014年9月22日凌晨，张桂铭突发心肌梗死去世，他活到75岁。后会无期了！

我想，为人低调的人，必定是把张扬自己的气力，都默默地用到艺术上了。所以，他的艺术能长存。

徐希的遗愿

2015年7月23日中午,徐希在儿子家用过午餐,回到自己的住宅,不知何时就死了。儿子叫他过去吃晚饭,电话已无人接听。在八宝山举行了追悼会,他的好友们从各地赶来为他送行。

我与徐希(摄于20世纪80年代)

我见到了他的一位挚友,我们聊起徐希晚年的生活。那些年,徐希客居美国,妻子已离他而去。虽功成名就,但徐希很孤独寂寞。他常回国,我们常聚常聊。他说:"我要回国安度晚年,想找个老伴……"我为他物色了一位。他看了照片,说:"漂亮,很有气质。"我陪他去见了面。他送了一本新出版的画册作为见面礼。她喜欢艺术。品茶,聊天,很投合。我庆幸当了一回红娘。奇怪的是,从此没有下文。他回了一趟老家,便失去再婚的勇气。他告诉我,他的一位老友,再婚后痛苦极了,甚至想到过一死了之。他说:"太可怕了……"

我将徐希的这桩往事告诉了他的这位挚友:"就因为你,他不敢再婚。"他的挚友不敢相信,一个劲儿地说:"不会吧……"我说,假如他再走一回婚姻大堂,身边有个伴,悲剧也许可以避免。

徐希真正最大的遗愿是未完成他的"画坛实录"。他在浙江美术学院学的是版画,而绘画成就却是山水。他的江南烟雨,被称为"徐家样",在当代画坛享有盛誉。客居美国后,系列城市水墨风景,使他的艺术登上一个新的境界。我常对画界朋友说:"徐希去美国,

我赴美已一年，这一年中，最大的收获，应该说艺术上无不进，化了极大的精力心血，完成了一套"纽约曼哈顿组画"共四十幅。（拟可将单独出版一本画集）另外购并下了住房。生活、经济都十分顺心，将来心将画不断的上拔一拔！夏天受朋友邀请，可能专量勤哥和你家大嫂之。我想用不些日子。我的情况会更好一些。十分希望兄也顺访美國。

我们十分怀念北京，却处的烦恼日子。亲重慢的友人，才气和我们的友谊。再见到墙上挂的画

是真正奔着艺术去的。"评论界将他称为继林风眠和吴冠中之后的中国第三代艺术探索者。他自身的艺术经历、他熟知的画界逸事、传闻轶事，不知记录了多少本。他总说："我要写一本真实的画坛实录。"我一直等着读，但他匆匆走了，匆匆地走了走了。

徐希太聪明，什么都自己干，不用经纪人，都自己张罗。如果有个助手，他的"画坛实录"也许就不会成为遗愿。

沈高仁变"虎"记

沈高仁是我们老家的一位画家，师范出身，当过老师、文化馆干部，到美院进过修，什么都画。有一次，他做了一个梦，梦中一位画家老翁告诉他："你画老虎吧！"从此他一心画老虎，画着画着就成了画虎行家。人们都叫他"沈老虎"，本名反而被淡忘了。

他长得虎头虎脑，为人爽直，不设城府，无所不聊。起先画不好老虎，画友叫他去杭州动物园看看真老虎。他去了，带着一台老相机。为了照得清楚些，他将脸贴到护栏上，镜头伸进护栏，忘情地按动快门。老虎走近他,又转身离去,突然抬起后腿撒了一泡尿。不仅镜头上尽是虎尿,他脸上也洒满虎尿,奇臭无比,拿手绢使劲儿擦也擦不干净。坐公交车,臭得乘客捂嘴,怒目而视。回到旅店,用了半块香皂,还洗不去臭气。回忆起来,像个笑话,但那个惨相实在难堪。

后来,他的老虎走红了,有一虎难求之势。展览获奖,李可染、刘勃舒赞赏,市场走红。奇怪的是,他不以尺寸大小卖画,而以张卖。他的画起码都是八平方尺,四尺整宣或六尺宣裁二。出手也大方,求画者都不会白张口。

北京2008年奥运会前夕,我策划了一个画展,向他约稿。他很兴奋,过了十多天,他和儿子扛来一个大麻袋,拿出来一大捆宣纸,一幅用五张丈二匹纸拼接成的大虎画,"五只大老虎,代表五大洲",虎虎生威,气势磅礴。我说:"太大了,我这个大厅都展不开……"他说:"我有一幅六尺宣的,一只虎,有人给十几万我都舍不得出手。送展行吗?"他让儿子回家取来。确是一幅精品。

高仁对朋友也大方。有一回,两位金华朋友求画,他一早就来我的山居画室,铺开四尺宣。我说,送人

画小品就可以了。他说："我喜欢画大的。画小，虎会成猫。"原来如此！

　　女性求画，他更情愿。五峰山居落成庆典那天，电视台一位女主持人向他求画，他扭头看了一眼，立马画了一幅相赠。女主持人又为朋友求一幅，后来不知又为谁求一幅，沈老虎都欣然满足。方岩管理局一位领导也乘机求画，沈老虎却说："没有时间了……"事后，我调侃他："局长求你不画，给美女画了三幅……"他说："她为大哥你拍片，辛苦，我代大哥表示感谢。"我笑而不语，他自言自语："她真的很美……"我说："美女就画？"他说："我愿意。"我无语。变成"老虎"的沈高仁，依然人情味十足。

王子武落户深圳之谜

长安画派中坚人物王子武,离别古城西安,移居现代新城深圳,一住三十多年,直至2021年12月8日去世。对他落户深圳的原因,画界一直猜测纷纷。

去深圳见王子武(中)

王子武自画像

在深圳,他深居简出,大隐于市。不爱社交,家里养了大狗,客人上楼梯未进门,先闻大狗叫。总之,人们都说他怪,是一个艺术怪人。

我在北京一个学术研讨会上见过他一面。他的人物画很传神,笔墨洗练生动。他笔下的曹雪芹、屈原,都是一见难忘的人物。他对人物的深爱和深情,通过炉火纯青的笔墨,传达给观众,震撼心灵。但他讷于言,会上很少说话。他题《自画像》的几句话,表述了他对艺术的信念和追求:"惨淡经营愧无能,枉费衣食哭无声。画不出奇画到死,不负此生了此生!"

在深圳，我们聚过两回。崔子范老师叮嘱我去看望他。我的朋友李世南也是从西安移居深圳的。他担心我遭冷遇，将王子武不爱见客的怪脾气告诉我。我在《深圳晚报》的一位忘年交记者，陕西人，陪我去他家走访。还有一次，是约他出来小聚吃陕西风味。相谈甚欢。我们是同龄人。他实实在在地回答了我的所有提问。

他说不吃老板请，是没有共同语言。也进过歌厅，但不爱听流行歌曲，喜欢听秦腔。有人说，他到深圳是奔书画市场来的。他说，卖画应到北京、上海，西安都比这儿好。"我是为艺术到深圳来的。西安斗得太厉害。沉默不表态，也不行。总以为你……"为了躲争斗，为了自己的绘画艺术，他躲到这个偏远的地方。

在一幅曹雪芹画上的石头上方，他题过曹公的"都云作者痴，谁解其中味"。这亦是他的一个回答。

不说话，不等于没有话说。王子武是一个为艺术而生、为艺术而死的艺术大家。

施志刚烤肉麦饼

施志刚是台湾画家,在"总统府"当过司机,是张大千的弟子。他是我的永康同乡。1990年,他受邀来大陆办展。他找到我,请我帮他邀请中国画研究院院长刘勃舒出席开幕式。我看了他的画册,多为山水画。虽然离开大陆四十载,但他的山山水水多为家乡的风情。刘勃舒出席了他的开幕活动,给他的画作了好评。这是我与他的头一次见面。

四年后,1994年春天,我作为大陆图书展览代表团一员,到了台北。施志刚来看我,请我去他家吃饭,说:"吃老家肉麦饼……"

与施志刚夫妇（右一、右二）同游台北故宫博物院（摄于 1994 年）

    肉麦饼，是我们永康的特色美食，霉干菜猪肉馅，饼皮烤得微焦，吃起来喷香喷香。永康人没有不好这一口的。施志刚说："霉干菜，是正宗的，从老家带过来的。做饼的手艺是祖传的，小时候老娘手把手教的。"

    我画画，他动手烤肉麦饼。香气袭人，他烤一个，我吃一个。吃了四个了，还想吃。我忍住了，再吃就有失体统了。他自己也没少吃。他夫人是闽南人，笑道："你们真是同乡，一方水土养出来的。"

他陪我游览了台北故宫博物院,介绍我认识台北故宫博物院副院长胡远龄,另一位永康同乡。胡院长送我一本很厚很珍贵的台北故宫博物院画册。我们又一起从台北故宫博物院步行去外双溪张大千故居。施志刚回想起当年宋美龄跟张大千学画及自己追随张大千八年的学画岁月。

有老乡陪同,头一次访台的印象极深,收获也大。

后来他回老家时,到山居找我。我在京,未会面。他在我的画案上留了一幅画,画了一棵白菜,写了一些乡情话。

他最后一次回来,我见到了。他说,他死过一回,醒后尽说"回家!回家!",不是回台北家,而是回永康老家。病轻些后,还真回来了。在沈高仁的画室,他用不太利落的语言,诉说了死去又活过来的返乡经历。

沈高仁铺了纸,想合作一幅画做纪念。施志刚说:"我画不动了……"对于一个视画画为生命的人,还有什么比面对宣纸不能画画更痛苦的呢!在我们"动笔动笔!"的声声呼喊下,他拿起笔,十分艰难地涂了两笔。我和沈高仁把画完成,我作了题记。此画留给沈高仁保存,沈高仁交给儿子沈大鹏:"这是最珍贵的传家宝。"

  2013年年初,我再次出访宝岛台湾,施志刚已于两年前去世,时年84岁。见不到他了,吃不上他的肉麦饼了。但我牢牢记住了这个至死想回浙江故里的台北"老兵",一生不忘画家乡风情的山水画家。

刘文西「换装」

1997年初秋,中国体育美术促进会在上海开了一次会,研究第四届全国体育美展的筹备工作。我与西安美院的刘文西先生住隔壁。

与刘先生打过多次交道,是老熟人了。我主持《中国体育报》时,开辟过美术专版,刊登美术名家的作品。刘先生寄来了资料,有兴趣登一版。不久,我调动工作,这个专版也没了。我将情况告诉他,资料也退还他。但我总觉得欠了他一个情。2019年夏天,他去世了,时年86岁。我写了一篇怀念文章《南人北向刘文西》,《北京晚报》副刊"五色土"登载了全文，标题改为《我和文西因奥运结缘》。《中国书画报》也全文转载。隔了二十多年，算还了一个情。

上海的那次相聚，给我留下特别深的印象的是他的换装，去南京西路买皮箱、买衣服。我和一位上海出生的女性陪他去商场。他老家在越剧之乡浙江嵊县，他在江南山水中成长。毕业于中国美术学院，熏陶的是浙派艺术，却义无反顾地投身大西北。经过几十年的融合，从着装到艺术，都成大西北人了。他从浙派水墨突围而出，开创了黄土画派，并且成为黄土画派的领军人物。他那一身传统干部服，更成了标配。黄土高原养胖了他的身躯，失去了江南男人的瘦巧身段。但那一口江南软语，却依然如故。白衬衣，时尚夹克，皮箱，皆具现代感。我们催他成交，私下里为这位传统老画家更换服式而高兴。当晚饭店里有笔会，刘文西穿一身新衣出场。他的画价很高，但那天晚上他出手很大方，写字又画荷花。过了10点，他停笔了，坐在一旁不停地摆弄衣服。他的白衬衣上有好几个墨点。宾馆老板找洗衣房领班，下班了，人不在。他打电话到领班家里，让他回宾馆。很快，墨点洗掉，衬衣烘干。都11点多了，刘文西又回到笔会现场继续写画。

文西题字（1997年）

他对我说："给你写张字！"不一会儿，字就写好了，"墨海"。看来，他很高兴。

北京开会，我们有见面机会。有一年，民间传言他在某地因画遭非礼。我问了他。他拍拍我的肩膀，说："到那个地方可要小心！"他的真诚，让我感动。

隔了多年之后，我又在军博见过他一次。那是关东画派的一个展览，我的辽宁朋友赵华胜是领军人物。没有想到，刘文西会来观展。可能他关注中国各种画派的现状和走向。他问起参加体育美展的一幅大画的下落，我笑道："我退休太久了，不了解后来的事。"他点点头，对我的回答表示理解。

刘文西去世那年,北京语言大学校长刘利邀请我办画展。承办人刘山花,是刘文西的女儿。我把我写他父亲的文章送给了她。去年秋天,她给我寄来国博举办刘文西画展的请柬。我看到了刘文西那么多的原创大作,惊叹于他的艺术。南人北向,他闯出了一个黄土画派的辉煌天下。

其实,换不换装,又何妨。他的心已是黄土地的心,他的人已成黄土地的人。

邢振龄失约

春节逛琉璃厂是我与邢振龄晚年的乐趣。2016年年初三，头一回相约去逛。那年我79岁，老邢83岁，逛街的兴致还挺高。本来还想约何君华，他年岁比邢老还大，怕他太累，只好不约了。我们仨，被媒体戏称为"京城三老"，我画大写意，邢老画民俗，何老画漫画，书画界的三个老顽童。这年是猴年。为什么记得这么清楚呢？我们是从西往东逛的，大多店铺关门休假，开门迎客的不多。西街有家小店开着门，墙头挂了不少猴画，店主正挥毫画猴。猴年的气氛很浓。老邢冲着店主说："你画不行，铺纸，

看我怎么画……"店主刚铺上纸,邢老就挥毫,一只童趣十足的淘气猴跃然纸上。他拉我题字,还向店主"推荐":"他是大画家大作家……"我不好推辞,题了字。老邢已走出店门,回头说:"这幅画值钱了……"店主说:"自己收藏,不卖。"说实在的,我怵跟邢老逛画店,他太热心太好心,老爱动笔,还总拉上我题字。尤其遇见他的山东老乡,就更热乎了,不仅自己画,还拉我画。

从西街往东街逛,看书家写字卖字,看街头民俗表演,路过李世南艺术馆时,我说:"李世南是我的朋友,人物画家,笔墨很现代,这是他女儿为他开的画店……"我们进店观赏,店员认识我,端上茶来,请我们坐下歇歇脚。邢老学过版画,捏过泥人,以画民俗风情画见长。对现代水墨,对抽象艺术,有些陌生。我讲了自己的一些感受,这也算是我俩的一次艺术观念的交流和探讨。

穿街过巷,走到胡同的尽头,过街就到大栅栏了。我们进了一家小餐馆。邢老说:"今天我请客!吃饺子!"我也不客气:"你买单,再要一小瓶二锅头,一碟炒花生米,老哥俩喝一盅。"

吃完后,过街去大栅栏时,老邢看到回他家的公交车,匆匆挥手走了。我想打车,一直找不到出租车,步行个把钟头回家,走出一身汗。

第二年、鸡年,老邢本命年。还是大年初三,我们如约去逛琉璃厂,兴致依然。最后,还是中午12点,在去年吃过饭的那家小店吃饺子。我要买单,邢老抢着付了钱,说:"吃饺子都归我买单。吃大餐,你结账……"我们相约来年再逛,吃一次大餐。他爱吃鱼,找家有鱼吃的馆子……

春节三逛琉璃厂,是我们的约定。遗憾的是没有第三次了,永远没有第三次了。

老邢72岁时发现患前列腺癌,到他89岁去世,他与癌症搏斗了漫长的17个年头。他交友,他画画,他唱戏,他写诗,他跳舞,欢乐自己,欢乐别人。我曾调侃,"邢老的不幸、苦难和癌细胞都被彩墨冲走了"。但他还是被恶疾折磨死了。他最后一次去琉璃厂,漫斋的几个台阶都上不去,悄声说:"没有力气……"我搀扶着他,艰难地上了台阶。此后,他就住医院与死神抗争,我带着一幅字画去看望他,画上写着一句:"老邢万岁!"他很开心,向去看望他的人展示。友谊

作画为病中的老邢加油

能温暖人心，但救不了命。他走了，永远离开我们了。

在他去世一周年时，望着家里挂在墙上的他送我的画《京城三个老顽童》，我也画了一幅：老邢指着他的画，我写了一句他的自白，"画在我就在"。我发到微信群里，邢老的相识们都纷纷点赞了。

古干的「天书」

古干是画家，最终却以中国现代书法先行者名世。1985年，他跟一批同好在中国美术馆办了一个中国现代书法展，冲击传统书法，引发现代书法热。古干从此走上一条变革中国书法的漫漫之路，既是现代书法又是汉字艺术，终生都在创新的路上走走走。

启功先生曾幽默地说，古干画的林黛玉会跳芭蕾舞，他的书法比甲骨文还难懂，是天书。

古干的书画变法，走出了国门。2002年，在古干的推动下大英博物馆整体收藏了中国现代书法作品。他应邀去德国讲学。德国人喜欢他的作品，说虽然看不懂表述的内容，但有趣有味，新颖耐看。德国汉堡美术学院教授布莱梅说，虽然我不懂汉字，不能读出他作品上的文字内容，但古干的书法作品的特点之一，首先不在读，而在品味其情趣，在于品味中国的情趣。国内喜欢的人更多。有一年，古干到金华看望我。其时，我正在黄宾虹艺术馆，艺术馆的三位文化老人赵杰、葛凤兰、王志忠请我和古干品茶，聊起书法，即兴敲定在公园里建一个"汉字渊"。古干书写所有的碑文；请黄苗子写对联；我写"汉字渊"后记。如今，"汉字渊"刻石成碑，已成黄宾虹公园的一大景观。

有一回，我跟古干坦言："你画好，但不是全国最好的。你的字有个性，但也不是全国最拔尖的。如果将字画结合起来，也许你会成为全国第一。"不知他是听进了我的话，还是他的艺术正好走到了这一步。他书画结合，艺术魅力焕发，打开了一个现代的艺术新世界。

他为人随和，有求必应。我的两个女儿，喜欢他的现代书画，有一年想穿他画的T恤衫。我去人民文学出版社找他，他即兴画了两件。她们高兴地穿了好

一阵子。她们不穿了,我夫人接着穿,都说好时尚。

　　古干的现代书画,把汉字粉碎砸烂后,以现代意识和心灵重新组合。骨子里,或说底色,仍然是中国的传统文化,民族文化之魂还在。这是它成功并富有生命力的真谛所在。所以,读不懂、看不明白的时候,我们去品就行。

　　他走时78岁。最后岁月,最想见的是至交朋友。我去看望他时,他已下不了地,无法行走。他说,可能画画用丙烯太多,吸毒气太多,毁了身体。我想他说得也有道理。他为中国现代书画艺术献出了生命。

吴山明的宿墨画

2020年夏,我打算办一个"文学入画"展。吴山明的宿墨画是一绝,我们又是老朋友,请他参加应该没有问题。我给他夫人高晔打电话。小高说"他身体不好,参加不了"。我纳闷:山明一头银发,脸色红润,鹤发童颜,怎么参加不了呢?坊间传言他夫人厉害,我猜测是夫人挡驾。但转念一想,小高对我向来客气。遂趁回浙江老家,登门去请。到了故里,才知山明病重,一直住院。文学入画三人行,王涛、杨明义和我的画展先后在我的老家永康、北京荣宝斋成功举办。缺吴山明,是一大遗憾。2021年

12月4日,他79岁,走了。再也没有机会一起办展,永远也见不上面了,遗憾终生。

吴山明是浙派人物画大家。他传统功底深厚,墨法运用到家、自如、天然。但他不满足传统一套,一生在进行水墨实验。用宿墨作画,是他的拿手绝招。他说,宿墨自古就有画家使用,倪云林、渐江都得其妙。到了近代,黄宾虹山水用宿墨,画面苍润,形成特殊风格。在杭州他的画室,我们探讨过。墨分七法:浓、淡、破、积、泼、焦、宿。所谓宿墨,就是留在砚台上的陈墨——隔夜墨。我问他,你用得那么多,有那么多的宿墨吗?他笑道:"我去农村商店买滞销的墨汁。那些卖不动的墨汁,脱胶了就成了宿墨。"他先是用宿墨画人物,后又用宿墨画花鸟。他倡导并实践"重返单纯",淡化西画的明暗,追求笔墨的单纯和线性的单纯,将浙派人物画推向一个极致。

为验证自己艺术的成果,1997年和2014年吴山明在中国美术馆办了两次个展,用他自己的话说,"到北京赴考了两次"。尽管他的水墨实验已获得成功,但心里还有些打鼓,不知京城画界认可否。因为南北画界对绘画的艺术评判观念并不相同。我私下问过他怎

么不把画送到荣宝斋去挂,他就坦言了这种忧虑。有一次,我安排他和范曾在义乌见了面。在去金华的车上,范曾翻阅山明送的画册,赞赏道:"有风格。"同车的京城一家大画廊老板却不以为然,说:"像蚯蚓一样……"范曾还是说:"有风格的。"可见看法各异。山明对宿墨是自信的。当年有些人不理解黄宾虹的画,黄宾虹说,你们现在不理解,五十年以后,你们就会懂了。他两次去北京赴考,是很值得的,让京城画界、评论界见识了他的水墨实验和艺术追求。变幻奇妙的宿墨,给京城观众留下了难忘的印象。正如中国画研究院院长刘勃舒说的,"像一阵清风吹到了北京"。

  受他的影响,我和我家乡的不少画家都在用宿墨。每天砚台上的剩墨或墨渣,都收拾到瓶中。宿墨臭,但用到宣纸上有奇妙的效果。

  山明老家在浦江前吴,村前有宽阔水域。我去过多次,还想去。那清清的绿水,会洗去尘埃,使心变得纯净。一方水土养一方人。山明为人善良,说他柔情似水也恰当。坊间说他"惧内",实际上他是"爱内"。

刘勃舒走在凌晨

2022年7月19日0时18分,刘勃舒仙逝。他一生画马,个性耿直豪爽,有几分桀骜不羁,酷似一匹天岸马。夜深人静,他离开人世,奔回天上去了。

他有画画的天分,是个幸运儿。上中学时,就被徐悲鸿相中,调到身边上中央美院,亲自调教,传授画马技艺。他师出名门,但不拘泥守旧,以书入画,以线造形,写自己的精神和秉性,使刘家的马个性独具。

他多年身居美术界高层,为中国画的传承、创新、拓展做出贡献,但他没有官架子,有脾气,有个性,但

刘勃舒挥毫中

不清高,交往处事随兴趣。老板找他买画送人,他不给。有人送文物换马画,他不换,说:"太珍贵了,拿走!"有人送一小袋米求画,他反而慷慨送幅马。一个典型的性情中人。

有一回,我和他,还有指墨画家李冰奇去兴隆。他出去最怕画画,因为求画的人太多,不堪重负。我说:"你不用动笔,要画冰奇和我上。"到了兴隆,山山水水一游,他兴奋了,晚餐喝了点酒,更高兴了。主人铺纸,冰奇正欲动笔,勃舒说:"给我笔!"一气画了八匹马。主人高兴得不知所措。事后我问勃舒:

"说好不动笔……"他说:"我高兴,想画。"一位体育明星去画院拜访他,说是我的朋友。他一听高兴,便当场画了一幅马。事后得知,我说认识我的人多着呢,你画得过来吗?他笑而不答。

我最早画的小鸡,有他的题字。那天,我进他的办公室,他不在,桌子上,有笔有墨有纸。我手痒痒,随意涂了几只小鸡。他回屋看见了,问谁来过。我说,没人进来过。他拿起画,问"谁画的",我说"我瞎画的"。他将画挂到墙上,看了好一阵,说:"你再也画不出来了。"他在这幅鸡画上题了一行字,"此画确有意味"。他说:"这是当年徐悲鸿给我画的马题的字。"我有点受宠若惊。

我沉醉丹青,常常跟他聊画,聊艺术。我退休前夕,他在中国画研究院为我举办了一次画展,还主持了研讨会,说"鲁光一下子从画坛冒出来了"。此后,凡有我在京城办的画展,他都来捧场。2012年年底,在中国现代文学馆,他当着众多观众和记者说:"鲁光的牛,比可染先生的更有味,更可爱。"我深感不安,对他说,李可染是大师,怎么可以这么说呢?他说:"可染先生在,我也会这么说。"后来,从文学入画角度看,我画牛是画我自己，画我对人生、对生命的感悟，凸显我的个性，肯定不同于他人的牛。我把勃舒的评说，当成一种激励，增强画牛的自信。有一年我出了一本大写意挂历，送了一本给他。他说："这本家里挂，再给我一本，挂到单位去，让大家看看你的作品。"我深感汗颜，一个业余画家的画，怎么经得起专业画家看呢！但他说："你画得好，放得开。让大家开开眼界！"勃舒的举动，大出我的意料，但深深地激励了我。

2002年，我在金华黄宾虹艺术馆为刘勃舒、何韵兰伉俪策划了一个画展，将他们的艺术推荐给我的家乡人民。为朋友做事，是很高兴的。而勃舒对朋友更是"哥儿们"。

他退休后，装了录音电话，不是熟人的电话不接听。有一次我打电话，刚说自己是鲁光，他居然兴奋地抄起话筒喊了起来："多久没见面了，我以为你不在人世了。快过来喝酒聊天……"

他是有名的评酒委员，酒量、酒风都好。不过，酒风也歪过一回。那次我为长春电影制片厂写剧本《第三女神》，拿了一笔稿费，在四川饭店请了一桌客。我带去了一瓶高度五粮液，刘勃舒也带去了一瓶"白酒"。其实是以水冒充酒——他见我从不醉酒，想做鬼灌醉我。刘勃舒、周明尽喝自己带去的"白酒"（勃舒也跟我喝了几杯五粮液）。我喝多了，虽然当场没有醉态，回家的路上，酒劲儿上来吐了两口。周明红酒喝多了，当夜醉卧刘府。次日，何韵兰坦言，这场酒戏的总导演是刘勃舒。这点真没想到。

几年前就有传言，说他老年痴呆了：送我画册，问我叫什么名字；勃舒两个字，要写好半天；画画成不了形，但乱的线条却苍老有劲。应该说，是时而糊涂，时而清醒。2018年，他去北京语言大学看我的个展，在一幅山村水墨前观看许久，不停地说这幅好，还与我在画前合影留念。每次见到他坐轮椅参加活动，我既为他还活着而高兴，又为他艰难的行动而悲伤。我曾向何韵兰建议，不要让他外出。何韵兰说："他愿意出来走走。"

谁也想不到，今天凌晨他不辞而别，走了，永远走了。他的生命定格在87岁。

一位正直的人，一位真正的艺术大家走了。亦师亦友，独此一人！悲痛之极！人走了，他的马，他的艺术，他的情谊，永存！

他们的文化梦

三位文化老人与一座艺术馆

浙江金华婺江的半岛上，有一个古色古香的黄宾虹公园，公园里有一座黄宾虹艺术馆。本世纪初，这里曾经是南北书画名家的聚集地，画展、研讨会，络绎不绝，一度成为我国书画艺术交流的热土。

公园和艺术馆，是1999年夏日落成的，我受邀参加了隆重的开馆仪式。建园和建馆的真正功臣是金华的三位文化老人，葛凤兰、赵杰和王志忠。老葛从文化局局长位上退休。赵杰曾任金华市委宣传部副部长、市政协秘书长和《金华日报》总编。老王

从左至右：葛凤兰、赵杰、王志忠

是《金华日报》编委。退出岗位后，他们六七十岁，精力尚旺，更重要的是文心不死，想发挥余热，再为金华的文化事业尽点力。老葛，东阳人，有人脉，点子多，管策划运作。赵杰是义乌学士，管定位。王志忠，书画之乡浦江人，是有名的笔杆子。三位文化老人各擅所长，合到一起，便是"一团火"。

金华的文化底蕴浓厚，文化名家就有陈望道、吴

他们的文化梦　　155

晗、冯雪峰、艾青,音乐家施光南,书画家吴弗之、蒲华、应均、方增先、吴山明,科学家严济慈,植物学家蔡希陶,还有著名报人邵飘萍,都是这方水土养大的。山水画大师黄宾虹,祖上是安徽歙县潭渡村,但他生在金华,13岁才离开。黄宾虹是近现代有大影响的画家,他的艺术值得弘扬。他们决定高举黄宾虹这面大旗,用余生弘扬黄宾虹艺术。他们选中了通济桥头的这个荒凉半岛,跑土地,跑资金,跑设计,费时数年,终于使荒废多年的半岛变成了文化宝岛。其间,遇到过困难,我帮忙做过沟通,劝当时主政的市领导:"推出一位艺术大名家,对一座城市来说,是很需要,很有价值的。"

他们在公园里还建了一座清风楼。柱子上的对联,是范曾手笔,水通南国三千里,气压江城十四州。为增添文化内涵,又建了一座汉字渊长廊。

三位文化老人,实现了晚年的梦想,为金华留下了一个公园和一座艺术馆。应该说,是留下了一笔文化财富。

他们先后走了。年轻的老葛先走,然后是稍为年长的赵杰,最后走的是三人中年岁最大的王志忠。他

> ## 汉字渊厈记
>
> 择荔芜半岛建成公园和艺术馆并借重宾虹大师之名，的艺城增出添彩实乃智者之壮举葛风之赵杰王志忠等数位当地文化老人乃此社业之倡导者和实践者公园落成之后他们乃思索如何再添加文化景观吾友吉千恰好自京来婴此公乃中国现代书画学会首任会长对汉字和书法颇有研究他提议建汉字碑于母语知识众人一拍即合经再三推敲定名为汉字渊古乎足于仪撰写前言和艺林此有展望的奇种笔法而且迟我书画师右题额写楹联有情缘才有此字缘是为后记。
>
> 二〇〇二年仲夏居书于京城 鲁光 [印]

为汉字渊厈书后记（2002 年）

病倒后，见到外甥女、大家艺苑经理甘珉郡就问："鲁光什么时候来金华？我想见。"我去看望时，他几乎已无反应。但此后，他再也没有说过想见我的话。他意识到我们见过了。

他们的文化梦

他高寿，走时92岁。

楼国华的文化畅想

1998年至2000年春，楼国华在我的故里永康市当市委书记。1998年秋，我正好退休，回老家小住，天天和老家文化人在一起。乡友们说："在老家造个小房子吧，真正落叶归根。有房子才能留住你的身。"

我在公婆岩山脚盖了座小山居，楼书记题写了"五峰山居"四个字。走访的文化人络绎不绝。

楼国华常抽空到山居坐坐聊聊，有时聊到深夜。旧城改造时，遇到难题，告状的人多。但他信心十足，说："告就告，大不了不当这个官，也要把老城改造好。"有眼力，有气魄，敢担当。他从五峰山居，想到山居所在地"公山"这个小山村。老房破旧不堪，村民都搬到山下居住了，只剩下一个荒凉空村。他说："招十个八个文化名人来，建一个文化艺术村。好不好？"建文化强县，这是一个极好的设想。正合我意。

公山坐落在公婆岩山脚，离国家级风景区方岩只有五里地。公婆岩与方岩，山峰相连，有山道可通。方岩山顶有胡公祠。祠里供奉着"为官一任，造福一

性情中人楼国华

方"的胡公。胡公名则,是为百姓免丁税钱的清官,民间称他为胡公大帝。"胡公祠"几个字,受乡友委托,是我请走朴初先生题写的。毛主席称赞胡则,题写过"为官一任 造福一方"。

方岩香火旺,文化浓。如果把山峰相连的公山建成文化艺术村,方岩景区这杆大秤就有了秤砣。公山的自然环境很美,依山傍水。山是公婆岩,两个山峰,酷似一公一婆对坐着,相守相伴千万年。水是山水,

他们的文化梦　159

传说有一条水龙盘山而下，有龙眼、龙鼻、龙口。如果建文化艺术村，拦截山涧便又可成一个小水库。

一个美妙的大手笔设想！

和书记的一次次交谈，文化艺术村蓝图愈来愈明朗。

政府创造条件，艺术家各自设计、各自建造。生前可作为艺术家们的工作室、画室，百年后是纪念馆、艺术馆。十来座风格各异的艺术馆散落山间，那将是一道多美的文化景观！

五峰山居启用那天，楼国华对当地的党政领导、文化人和企业老板，充满激情地说："五峰山居就是文化艺术村的龙头企业……"他有胆有识，敢作敢为。在东阳主政时，导演谢晋拍摄电影《鸦片战争》，碰到资金和场地困难，找横店。他力排众议支持横店。几年后，横店影视城横空出世。

我四处奔波，联系愿来山村落户的艺坛名家。眼看文化艺术村建成有望，但不久他便调离永康，去他地任职。虽后任者也有此意，但时过境迁，把小山村变成文化艺术村，成为楼书记和我的一个文化艺术梦。

故里文化人说，建山居留住了我的身。后任创建我的艺术馆、成立鲁光艺术促进会,留住了我的心。

前几年,他从浙江省林业厅厅长任上退休,出任省篮球协会主席,将人生的最后时光,奉献给自己酷爱的篮球。那天,他来永康朋友徐小飞家,来电话找我聚一聚。我们在画室相见,笔会了半天。

他写字的兴致很高,可说是豪情勃发,连续写了几副长联,内容几乎是一样的:

择高处立,就平处坐,向宽处行。发上等愿,结中等缘,享下等福。

写得兴奋,写得尽情,甚至手舞足蹈,引吭高歌。我想,他是在书写自己的人生追求和信念。相识二十余年,我还没有送过他一幅字画。我即兴为他画了一头牛,并题上了"中国牛"三个字,又写上自己最喜欢的两行字:"站着是条汉,卧倒是座山。"

都说好人一生平安,可2021年6月22日夜,他便离开我们了。才67岁。

我在微信里发了两人笔会的图片,在京城的乡友们点评:"楼书记心中有百姓。"

荣高棠送我条幅

荣高棠是体育界的泰斗。20世纪60年代初,他带领一拨人在中国乒乓球队蹲点,我作为记者,随行采访报道。身为国家体委副主任,他没有架子,很随和。我称呼他"高棠同志",后来叫他"荣老"。当年的国家体委主任是贺龙元帅。

我写过一篇《从零开始》的长篇通讯,讲述中国乒乓球队胜不骄的精神。"走下领奖台,从零开始。"这是高棠同志对乒乓球队的要求。几十年的体育生涯,他不仅是我的领导,也成了熟人和朋友。

1983年,他出任中央顾问委员会

秘书长,为中央离退休的老同志服务。

他一直关注体育,与体委的同事朋友常有交往。

有一回,他在养蜂夹道组织了一次桥牌活动,邓小平参加了。过了晚上10时,小平同志朝我们挥挥手,说了句"同志们继续玩"就先走了。他的成绩是亚军。我请示高棠:上报吗?他说:上报。次日,《体育报》发了消息。上午10点来钟,邓办来电话说,小平同志问,他多次拿冠军没登报,为什么拿亚军登报了。我马上向高棠汇报。高棠说:"周末再举办一次。"小平同志拿了冠军,登了照片。领教到了高棠的智慧。

钓鱼活动,我们都请他。他老上鱼,说他的鱼食是中南海的,有点神秘。有一回钓鱼,下小雨。我拉上几条大草鱼,他在对岸不上鱼。他大声叫我:"给我一点你的鱼食。"我送鱼食给他,调侃道:"我的鱼食里加了河北小磨香油和茅台老酒……"他不尽信。我说:"荣老,不能您老拿冠军,也得让别人拿拿呀!"他开怀笑,笑得很开心。

一个夏夜,在范曾家。范曾说,"荣老要我一张画,你陪我送去好吗?"其实,当时他们两家住得很近,都在崇文门附近。

朝辞白帝彩云间千里江陵一日还两岸猿声啼不住轻舟已过万重山

鲁光同志留念

辛高康

一九八九年十一月

范曾当场给荣老展示了他的大作。荣老说："徐寅生、李富荣都有你的画。现在我也有了。"兴致很高。我马上说："荣老，体委好多人有您的字，什么时候也送我一张呀！"荣老晚年的字，拙朴老辣，我很喜欢。他很痛快地说"我给你写一张。"

有一天，他打电话找我："鲁光，我翻电话本，怎么也找不到你的名字。你还在体委吗？"

我说，我调了单位，到出版社了。鲁光是笔名，电话本上是我的本名徐世成。

他笑道："这事闹的。我给你写了个条幅。"

我登门取夹他写的条幅。"朝辞白帝彩云间，千里江陵一日还。两岸猿声啼不住，轻舟已过万重山。"

字老辣，内涵深刻。

我读懂了。几句古诗，写尽了他跌宕而又乐观的人生经历。

荣老是长寿的，活到94岁。2006年11月15日去世。遗憾的是没有赶上2008年北京奥运会。

王猛将军的书画缘

王猛将军有三幅黄胄的驴：一幅四尺整张竖画的中堂，两幅四尺整张对开竖画的条屏。精美力作。此前从未见过这样的驴画。这是黄胄送给他的。

警卫员送去荣宝斋装裱，价格贵，要好几百元，不敢做主。我告诉他，黄胄是大名家，画驴是他最拿手的，他的画很值钱，装裱费不算什么。有一天，见了王猛，我说："你有黄胄的三幅驴，太难得了。"王猛说："我跟黄胄说，裱你的画那么贵。黄胄说，首长，我应该裱好给你……"

1971年，由周恩来总理提名，经毛主席批准，中央任命王猛为国家体委主任。他崇文尚武，以身许国。他当过"万岁军"三十八军政委、北京军区副政委，玩枪玩炮，戎马一生，没想到让他搞体育。但他是军人，服从命令听指挥。周总理说他是一员猛将。在体育工作中，他大刀阔斧，拨乱反正，推翻了强加给体育界的"刘贺独立王国"的罪名。后来，"四人帮"插手，庄则栋被利用，他内外受敌，被迫离开体委。我目睹过他怒斥抄他办公室的人："我是中央任命的，你们有什么权力抄我的东西？我告诉你们，粉身碎骨也找不到反党的东西。"威武不屈，一身浩然正气。之后，他受命二进体委，揭批"四人帮"，肃清流毒。其间，我曾随他南下调研。在他的软卧车厢里，听他讲身世，讲江青打压他，深聊到深夜两点半。路经杭州时，他说："你老家不是在浙江吗？给你三天假，回去看看老人。不要过家门而不入。"一个多么有人情味儿的领导！

离开国家体委后，他重返军队，出任广州军区政委。

真是巧。我去逛沙头角时，见到穿一身运动服的他。他也看见我了，问我："大总编来这里有何贵干？"我反问他："大政委你来干啥？"相见匆匆，走

王猛将军（中）

散了。说来都不信,出市场时,我们又相遇。他说:"大总编不买东西留着钱干吗……"我说:"你也没买呀!"他回头指指远处,有人帮他拿着呢。

回京前,我接到他秘书的电话:"政委请你来军区住几天,给他的新居画几幅画。"

记得在北京他家吃过一顿饭,我问起黄胄的画,他说,乒乓球运动员林慧卿找他要走了一幅,家人意见大了。王猛说:"她要,我能不给吗?"

等了两天不见来电话,我回北京了。刚出西客站,手机响了。秘书说:"派车去接你。"我说:"我回到北京了。"

欠王猛的画债,我心里很不安。他居然找我这个半路出家的人画画补壁,太抬举我了。为他画画,我乐意,也有激情,想回老家山居画几幅好画寄给他。2007年6月初,我正起程回老家,留任国家体委的他的老秘书孙景立来电话说,王政委在广州,请你过去画画。我一口答应,打算回五峰山居画几幅带过去。谁想到,没过多少日子,孙秘书打电话到山居,很悲痛地告诉我:"王政委6月29日在广州去世了。"去世时88岁。

一笔永远还不了的画债!

不称官名的李梦华

1960年,我到《体育报》当记者时,李梦华已任国家体委副主任,时年38岁。二十年后,1981年,他接替王猛将军成为下一任国家体委主任。在他任上,我被任命为《中国体育报》社长兼总编辑。接触多了,对他的了解也多了。

他给人的印象,务实、不讲虚话、威严、河北沧州口音重,上上下下不叫官称,都叫他梦华同志。接触多了,便知道他是个耿直、开明而又心地善良的实干家。

去报社任职前,我参与过全国体育美展筹备工作。在办公会上我提出

与老领导李梦华（右一）在《体育报》创刊 30 周年的庆祝活动上

两个要求：一，经费30万；二，评选时，对看不懂的作品，领导不要轻易发表意见。梦华说："经费给50万。评选你们办，专家评委说了算。"给力又开明。画展结束后，宴请评委，他频频给评委画家敬酒致谢。中国画研究院院长刘勃舒好酒，是全国品酒委员，他对我说："这个主任酒量好，很开明，人好。"

他对报社很关心。他说，体育工作离不开这张报纸，经费有困难，要帮助解决，卖掉裤子也要解决。宣传上，大题可以小做，小题不要大做。

没空话，不唱高调，句句都是老实话。我庆幸遇到了一位开明、务实的好领导。

调整干部时，我想起用一位"文革"中当过他的"专案组"组长的人。我先征求他的意见，他说"不影响使用"，他的开明大度，让那位被提拔为副处长的干部深深感动。

对一个批斗中打过他的运动员，他不计较，宽恕他，还重用他。有领导说他"梦华有无产阶级革命者的胸怀，像个老同志"。

他的一位老战友的儿子，想进我们单位。他给我打了招呼。这是他唯一一次为调人打招呼。这个孩子，人还未调入，就到处宣扬他老爸与梦华的关系。我不喜欢这号人。领导班子讨论时认为，梦华难得推荐一次，是否应收下。我给梦华去电话，反映了这人的情况："我不打算要他，人未进来就到处炫耀。"不过，我给老主任留了一个活口，我说："如果不是非进不可的话，我们就不进了。"梦华说："那就不要进吧！"

1988年汉城奥运会，我们只拿了5块金牌，与1984年洛杉矶奥运会拿15块金牌相比，相差太大了，甚至被称为"兵败汉城"。李梦华退休。作为一个老体育人，我不完全赞同这种舆论。我带领《中国体育报》记者团采访了汉城奥运会，写了长篇综述《写在圣火熄灭之后》，客观地评价了中国队的得失。洛杉矶奥运会，苏联和东欧诸国未参加；而汉城奥运会各国都参加了。两届奥运会，中国代表团团长都是李梦华。不以胜败论英雄，说起来容易，做起来却很难。

李梦华提出"体育强国"的目标，为实现这个伟大梦想，他奋斗了一辈子。退休是正常的，但在一片"兵败汉城"声中离任，总觉得有几分压抑。正好有一家南方企业请他出席一个活动，我登门去找他。这是我头一回去他家。"我们去南方走一走，散散心……"他欣然同意。

我们朝夕相处，常喝几杯老酒。偶尔碰碰杯，我说："我们凭什么喝酒？"他笑道："酒友。"

2010年11月9日，他去世，时年88岁。我参加了八宝山举行的追悼会。在寒风中，几百人排着长队，默默地悼念他。

我们住的大院，尽是老体育人。散步时，小聚时，常念叨他，说他的好。他没有离开我们。

何振梁的追求

2008年北京举办奥运会时，我已退休十年。作为一个老体育人，不愿做一个旁观者，总想做点什么。办奥运会，一般都会同时举办体育美展。我在中国美术界有很多朋友，只需要找一位资深的重量级奥运人士来坐镇支持。我头一位就想到了何振梁。

何振梁是国家体委副主任、国际奥委会副主席，他经历了北京申奥的失败和成功。2001年7月13日，是北京申奥决定命运的一天，国际奥委会在莫斯科举行的第112次全会上将给中国一个公正的决定。何振梁的最后陈述实在太精彩了:"不论你们今天做出什么决定,都将载入史册。但是只有一种决定可以创造历史。你们今天的决定可以通过体育运动促使世界和中国拥抱在一起,从而造福于全人类。"最后他充满自信地说:"亲爱的同事们,如果你们把举办2008年奥运会的荣誉授予北京,我可以向你们保证,7年后的北京,将让你们为今天的决定而自豪。"

北京大学的学生打出横幅:"何老,我们爱您!"

何振梁题字

他很激动,说:"人民的肯定是我能得到的最为珍贵的奖赏。"国际奥委会总干事卡拉尔对何振梁有个评价:"1993年后,我目睹了何先生在国际奥委会中一块砖一块砖地砌成了通向今天申奥胜利的长城。"

人们称赞他是北京申奥功臣,但他说自己甘当奥林匹克志愿者。

上个世纪80年代中,他安排我一起出访,从捷克斯洛伐克到苏联到德国,除了体育交流外,还看了不少美术馆和博物馆。他是真喜欢艺术,其他出访成员中午休息,他却拉我去看展览。

他欣然答应为我们的名家书画展当顾问,我邀请他写幅字参展,他和夫人梁丽娟商量后,提笔写了十个字:"奥林匹克——我的毕生追求!"

北京奥运会开幕前,中国名家书画展在中国现代文学馆隆重开幕。何老出席了开幕式,和全国书画名家们一道,为北京奥运会奉献了一份艺术厚礼。

北京奥运会开幕倒计时的日子里,何振梁和夫人到我的老家五峰山居看望我。一日中午,山雨哗哗,我带他们去山里吃农家土菜,他喝了三小碗土鸡汤,说:"一辈子没有喝过这么美味的鸡汤。"

我调侃道:"您是部级干部,工资比我高。但想吃土菜,喝鸡汤,随时来。我请客!我的邀请是终身有效的。"笑声和雨声,久久地在山间回响。

2015年1月4日,听到何老去世的消息。我又想起了五峰山里的那个中午。

两遇萨马兰奇

西班牙人萨马兰奇担任国际奥委会主席21年，退休后是国际奥委会终身名誉主席。他是国际体育界的奇人，是中国人民的朋友。在他任上，1979年中国恢复了国际奥委会的合法席位，2008年又实现了举办夏季奥林匹克运动会的宏愿。

此生有幸，与这位国际体育界的伟人两度相遇。

一次是我带队参加第六届全国运动会。萨马兰奇下榻广州白天鹅宾馆，我们《中国体育报》相约采访他，看他晨练。头天便与他的法国籍女秘书约好。他住顶层总统套房，一级保

第一次采访萨马兰奇（摄于1987年）

卫，因事先未跟保卫人员沟通，耽误了半个多小时。当我们来到顶楼时，他一身汗，刚晨练结束。那天，他身着五环图案的白色短袖衫和粗条纹图案的短裤，边擦汗边热情地跟我们打招呼。因为迟到我们向他致歉。他没一点责怪之意，说："为了奥林匹克，我再做一次晨练。"他又一招一式地练了起来。他的大度，他对奥林匹克的深情，使我们感动，同时深深内疚。

晨练结束，他擦了擦汗，坐到桌前，拿出一本邮册，签上名，送给我留念。这是一本很珍贵的邮册，

里面有历届国际奥委会主席的肖像邮票,最后一位是他。这本邮册,我珍藏35年了。每当见到它,便会回想起那次失礼的采访,回想起这位奥运老人。

1993年,在我国正为申办奥运而奔波的日子里,他来我国访问。其时,我已调到人民体育出版社当社长。得悉英国作家大卫·米勒写过一本书《萨马兰奇与奥林匹克》,立即邀请国际奥委会副主席何振梁夫人梁丽娟将它翻译成中文,以最快的速度付印出版。在萨马兰奇到京时,策划了一个高规格的首发式。本想请出演过电视连续剧《中国姑娘》的倪萍担任首发式主持,时任中央电视台台长的杨伟光说:"这种场合,让杨澜主持更好,她会英语。"我说:"倪萍我熟,杨澜我不熟。"杨伟光台长帮了这个忙。杨澜的主持非常精彩。

首发式在中国大饭店举行。萨马兰奇、国际奥委会在北京的副主席、北京市和国家体委领导,以及首都媒体记者数百人出席。我还特意安排了一位热心读者到场发言。萨马兰奇很高兴,和热心读者合影,紧紧握手表示感谢。

这是国人对萨马兰奇的一种感谢。从我本人来说,也是对他1987年赠我邮册的一个迟到的回报。

2010年4月21日,他在家乡去世,时年89岁。他去世三年后,萨马兰奇纪念馆在天津落成。据说,这是目前世界上唯一的一座萨马兰奇纪念馆。

我们中国是知恩图报的国度。我们中国人最讲情义。人们常常称呼他"萨翁"。他走了,我们怀念他,不忘他。

庄则栋卖书卖字

庄则栋一生沉浮：乒乓球世界冠军、国家体委主任、削职为民……我们一直是朋友。他当冠军时，我写过《朝气蓬勃》歌颂他。他官至部长时，我敬而远之。他从政坛跌落为民后，我为他写了一本《沉浮庄则栋》，对他的人生做了一个评价："功大于过"，并大声疾呼："记住他的功，忘掉他的过。"

1971年，我们一起经历了"乒乓外交"。当年，我是赴日本名古屋参赛的中国乒乓球代表团秘书。他送给美国运动员的礼物杭州织锦，是从我手里拿走的。挨了批评，他到我的房

与庄则栋在日本名古屋
(摄于1971年)

间里倾诉委屈和不平。我见证了庄则栋对"乒乓外交"的贡献。"文革"中,他拉我参加"体育革命":"批老徐!"我说:"徐寅生是朋友。"他说:"朋友便不能批?"他去批了,与队友们结下难解之怨。他下台后,写信认错才化解了"文革"中结下的恩怨。

美国人对庄则栋感兴趣。一位美国商人与我妹妹有生意来往,问她能不能把他请来,他想见见庄则栋,跟他打乒乓球……

我妹来电话说了此事。她说,请他过来,顺便做点广告,给他18万元报酬。

我问庄则栋:"愿意去我老家浙江走一趟吗?"他很高兴,说:"太好了,好久没有拿奖金了。我现在除了业余体校工资,便没有其他收入。去!"又说:"敦子说,跟你妹妹说,多给两万行吗?"我代我妹答应了。

2003年夏日,我陪庄则栋去了浙江东阳。他带了几本《邓小平批准我们结婚》和几十张自己的书法,他说推销一下。

美国商人头一天就激动得睡不着,没想到真能见到世界冠军庄则栋。第二天一早就穿上新买的运动衣,去宾馆大厅与庄则栋"较量"。他与庄握手时说:"庄先生,您好。您的名气在美国很大,今天能见到您,真没有想到。我太激动了……"他与庄的比赛,是没有什么可多说的。但一个美国人对庄则栋的敬仰,印象难忘。当地的乒乓球爱好者有幸见到偶像,争着上阵，哪怕打上三五板也满足。庄则栋一身大汗。他又跟我妹妹厂里的工人，骑电动车，在山道上飞驰。他融到普通百姓中，无比快乐。

除了打球、骑电动车、做广告，还做"乒乓外交"报告，顺便推销了书，卖了字。我问他字的价格，他说"每幅一万"。书一签，很快抢购一空。还预订了几百本，回京后寄去。

这次南行，他可谓精神、物质双丰收。能为这位身处困境中的老朋友做件事，我也深感欣慰。

他十指并拢，膝盖不弯地着地，说出来前用最先进的仪器做过身体检查，很棒。我为他高兴。谁知回京后不久就查出直肠癌，而且已扩散。他进入人生最后一搏。

我去他家看望他，他依然乐观，正在写字。他说要在中国美术馆办一个书法展，给敦子留笔钱。他拿出范曾为他的展览题的字："银球影事——庄则栋翰墨寄情"。他的字，像范曾的笔体，但有自己的力度。

范曾喜欢与庄则栋交往。庄则栋临终前一天，范曾刚出访回来，写了一幅字："小球推地球，斯人永不朽"。又赶到佑安医院,为他画了一幅速写。庄则栋奇迹般挣扎着坐了起来,使劲儿睁大双眼,让自己留在世上的形象,尽可能精神些。

陈招娣的最后岁月

2012年秋末的一天，陈招娣给我来了一个电话："北京电视台正在播放你的《中国姑娘》创作往事，太感动人了，我边看边哭。我打电话给袁导，叫他打开电视看，他家有客人。你请电视台刻几张盘，给我们老队员……"

"我说的都是你们的事，怎么那么激动啊？"

"当年太难了……"

正好我年底有个画展，邀她来捧场。她说："我一定去！"又说："你的字写得好，给我写一张吧！"

这年的11月底，我的画展在中国

现代文学馆开幕。陈招娣身穿一身少将军装来到现场。巨幅红色幕布上，有五头奔跑的以线造形的墨牛，墨牛上方有一行字："墨海苦泅渡，彼岸永无境，得意常忘形，笔笔皆生命。"她念出了声，感叹了一句："跟我们打球一样辛苦啊！"

尽管那天她穿军装，很精神，但脸色有些憔悴。没有想到，这是我们最后一次见面。第二年的春天，4月1日，她因癌症去世，走时才58岁。她是中国女排老队员中头一个走的。

她去世之后，袁伟民给我来过一次电话。他说："她是癌症死的。去年底去参加你的画展，她告诉过我。已经到了晚期，她知道时间不多了，该做的事抓紧做。她还跑到福建见陈忠和。陈忠和还给她买止疼药。"她去世后，袁伟民派司机到我家取我口述中国女排的光盘，说招娣家正需要用……

陈招娣是杭州人，我的老乡，性格却不似江南女子，倔强顽强，是中国女排出了名的"拼命三郎"。上世纪70年代末，有一回她左臂桡骨受伤，还坚持带伤上场，赢得了"独臂将军"的美名。在中国女排首次夺冠时，她腰伤严重，走不上领奖台，是队友扶她上

我为招娣即兴书写的字:"中国姑娘,忆当年驰骋沙场,为国争光,振兴中华。八亿人民齐叫好。退役之后,杭城姑娘依旧爱武装。壬辰秋,吾办画展,将军来助阵。即兴挥毫书此幅,招娣补壁。左书于京。五峰山人鲁光。"

台的,回旅店也是队友背她回去的。我在《中国姑娘》中,浓墨重彩地写过她在补课时"三走三练"的拼搏事迹,中学课本和大学课本中曾以《拼搏》《苦练》为篇名收入。她影响了几代人!

2006年7月14日,中央军委晋升陈招娣为少将。她成了我国体育界的首位女将军。

癌症来袭时,她像在球场上一样,顽强拼搏。病痛苦不堪言。当药物都止不住疼痛时,她咬着毛巾忍受疼痛。她的女儿郭晨在为母亲做的记录中写道："母亲直到最后一刻都没有放弃抗争，她是我们的骄傲。"袁伟民和队友们去探望她时，她心中惦念的还是女排，她说："现在的女排都没有老女排的那股精神了，还得加把劲啊！"她对郎平说："如果有来世，我们还一起打球，我们还做姐妹……"她的女排情结，深深触动了郎平。郎平最终下决心回国挑起中国女排主教练的重任。

在陈招娣的骨灰中，发现有五个钢钉，这是她为祖国荣誉拼搏过、献身过的铁证。排球女将陈招娣，带着一颗排球心走了，永远走了。

2013年4月5日，追悼会在八宝山举行。人们从各地赶来为她送行，再看一眼心目中的偶像。女排老队员郎平、孙晋芳等人在袁伟民带领下走进灵堂。

"别掉队，都跟上……"袁伟民低声叮嘱。

这句昔日的口头语，在这种场合说出来，让她们忍不住流出悲伤的泪水。

陈忠和说："一起奋斗的岁月，历历在目。将军，一路走好！"

赵蕊蕊的一段话，说出了女排队友们对她的深

与"中国姑娘"在印度新德里（左起：周晓兰、陈招娣、鲁光、张蓉芳、郎平、陈亚琼，摄于1982年）

切怀念："我们在一次次祈祷奇迹的发生，却发现奇迹是很奢侈的存在。我们在一次次拒绝面对残酷的现实，却发现现实一直横亘在面前。我们不想跟您说再见，却到了要说再见的时候。泪在眼中打转，话语哽咽在喉中……陈局，您一路走好！您永远活在我们心中。"

央视主持人白岩松说得好："遗忘，是正常的事情。然而，对于一个民族，却不该少了感恩之心。没有那个时代女排的成功为中国人的前行加油，不会有今天年轻人新的梦想的出发。所以，对于陈招娣的贡献，不该忘了说声谢谢。老女排可以离去，却不可以忘记。"

山，王富洲的命

王富洲跟我特有缘。我们都是上个世纪30年代生人，他生于1935年，长我两岁，河南人。我37代前，祖上也是河南人。2013年，我们一道搬进龙潭西湖庭院，而且是邻居，进进出出，从窗口便一目了然。最有意思的是，登山题材是我写作的重要内容。我常去登山队，为写登山电影《第三女神》和长篇报告文学《踏上地球之巅》曾长年住在登山队基地怀柔水库。1978年春，我随中国登山队进藏，与富洲在珠峰脚下绒布寺大本营朝夕相处了三个多月。他亲自带我们一众文人上山，登上海拔4650米山坡时，

与王富洲（中）一起登山。王富洲1960年登上珠峰后，下撤时不幸滑坠，落下了毛病

他指着远处壮美的冰塔林说："那就是东绒布冰川，你们慢慢欣赏吧！我们今天就此止步，再往上就是海拔5200米营地了。高山缺氧，在这里你们是老虎，上了5200米就可能变成狗熊。"王富洲亲自带我们上山，让一拨外国记者眼馋极了。在珠峰的登攀经历，使我们终生难忘。

我1960年走进记者队伍时，王富洲已与屈银华、贡布登上世界最高峰，成为国人崇拜的英雄。混熟之后,他像兄长,朴实憨厚,没有一点名人架子。他的女儿告诉我,每次回河南老家,他都很低调,生怕惊动当地领导,给人添麻烦。

1958年,从北京地质学院毕业后,他便与山打交道,把自己的命运与山联结在一起。数不清登过多少座山峰,也记不住遇到过多少次死神。他命大,都闯过来了。英雄亦有暮年,我见证了。只要有段时间不见他,十有八九,他又去西藏了。他爱山,有浓厚的西藏情结和珠峰情结。1996年,他率领一拨老登山屈银华、贡布、潘多和志愿者,去清理珠峰垃圾,为心爱之山美颜。离京时,他的血压高至180mmHg,人们劝他不要去。他坚持去,非去不可。他说:"我是牵头的,怎能不去呢?"

饮冰卧雪的登山生涯,摧毁了他健壮如牛的身躯,双目几近失明。他说,1960年5月24日凌晨4时20分登上珠峰顶后。下撤时滑坠,虽大难不死,但在滑坠中高山眼镜摔掉了,高山靴也摔掉了。冒着强烈的雪光刺激,忍着冻伤的疼痛往下撤,从此落下了一身毛病。他说,你走到跟前都看不见。

2012年初夏的一天,从窗口看见他坐轮椅走过,我急忙下楼看望他。他说去年进了一次藏，去解决登山队遗留的问题，在拉萨感冒了。第二天见全国政协副主席帕巴拉·格列朗杰，帕巴拉也感冒卧床了，他劝富洲马上回内地，说晚了会回不去的。富洲一回北京便呼吸困难，心力衰竭，肝脏出了问题。医院报病危，家人都以为这次他过不了鬼门关了。但他奇迹般地又活了过来。

出院后，我去他家探望他，也是最后见了他一面。这天，2012年8月22日，我写了日记：

> 富洲躺在床上，开着电视，听凤凰台节目。见我进来，立马坐了起来。
> "想当年是登顶英雄呀……"我说。
> "如今是狗熊了……"富洲调侃。
> 聊了一个多钟头，到了晚餐时间，我起身告辞。我拿出一张白纸，请富洲留几个字作纪念。他视力极差，但还是写下了一行字："山，我的生命。"

三年后，2015年7月19日，他真的走了。时年80岁。

他安息在九龙山公墓,墓碑是一块形状如山的天然石,碑石上有他的头像,还刻有一条从珠峰大本营通往珠峰山顶的行进路线。

这种墓碑,全天下独此一家。它属于以山为生命的人!

写在最后：在另一个世界

人就是天地间的匆匆过客，有生就有死，谁也逃不过这个规律。

"活着干，死了算。"这是一句粗俗的口头禅，但道出了人生的真谛。死，是不用去思虑的，这一天迟早都会到来。怎么活，却需要谋划。可以说，人各有志，百人百活，每人都有自己的活法。

我已经写了四十余位比我先走的朋友，但还有已走的朋友奔来问我："还有我呢，还有我呢……"恕我无法一一都写，该收笔了。

我的夫人见我没日没夜在写，便问我："你写了那么多人，以后你走了谁写你啊？"

我说："我自己写，现在就写。"

近年来，我的同龄人、同事、老友一个个都走了，比我年轻的也作古了。眼睁睁地看着他们一个个离去，我尚健在，散步，写作，画画。活着，做核酸，还能小聚、上街、逛公园……不过，来日苦短，那一天终归会来。我们已商定：不搞遗体告别，不开追悼会，不留骨灰，撒到山林、大海。我已写好两个字：安歇。而且签了名盖了印，刻方石头，放到山居庭院里。

人生如牛。为国，为民，为家，耕耘一生。

人生无憾。该安歇了。

如果有人怀念我，就到我的书里画中找我。

我就在书画里。

2022年9月3日龙潭西湖

附记：在本书的出版中，特别感谢《百年巨匠》总策划杨京岛先生的热情相助，感谢范承玲、高红悦女士的关心和支持。